KB138883

L'EAU DES MIROIRS

CHRISTIAN BOBIN

마지막 욕망

크리스티앙 보뱅 | 김도연 옮김

1984BOOKS

글을 쓴다. 뭐라고 말해야 할지 알지 못하는 이유로. 습관이랄지, 강박이랄지. 원고들이 있다. 첫 번째 원고의 제목은 『하늘에 속한 다른 지역들』이다. 소설, 사막의 발명, 샘의 발명. 어떻게 말해도 상관없다. 두 번째 원고는 『마지막 욕망』*이다. 이 글은 자살로 시작한다. 피를 흘리는 단어와 이미지들. 글쓰기라는 말에 어울리는 글은 두 이야기를 거치고 나서야 나올 수 있었다. 침묵에 숙달되고, 숲과 땅과 하늘의 빛에 관한 세밀하고 무심한 목록을 엮고 나서 오랜 시간이 지나 그것들이 지워진 후에. 두 원고, 그 글들은 분명 필요했다. 분명히. 그러나 조바심과 순진한 의지가 지배한 글쓰기 탓에 두 원고는 처음부터 미심쩍었다. 그러니 두 글은 앞으로도 영원히 모호한 상태로 남아 있을 것이다. 두 글은 당시의 절대적 수준에 도달하기에는 너무 과했고 너무 가득 차서 무거웠다. 그러니 남은 일이라고는 그 원고들을

---

* 『마지막 욕망』의 원제는 L'eau des miroirs, <거울의 물>이란 뜻이다.

불태우고, 여기저기 나눠주어 어딘가에서 사라지거나 잊히게 하는 것뿐이었다. 아니면 정원에 파묻거나. 하지만 후회처럼, 일어나지 않은 일에 대한 그리움은 『마지막 욕망』 원고의 각 장 사이사이 여러 페이지 속에 흩어져 있다. 고집스럽게. 오랜 시간이 지난 후에도 여전히 산뜻하고 선명한 잉크로 흩뿌려진 채.

다른 모든 글과 따로 떼어내 읽어도 되는 문장들. 흔적들. 저 먼 옛날을 증언하는, 땅 위에 흩어진 돌들. 그들의 빛 속에, 단어의 중심에, 어둡고 가혹한 납빛의 지대가 있다. 흔해 빠진 재앙, '질투'라는, 결국은 진부한 지옥. 오늘은 그 몇몇 자취를, 시련의 날들의 흔적들을 보존하기를 소망한다. 그 어느 때보다 축복 속에 있던 나날들을.

연못의 얼어붙은 심장 위,
얼음의 억센 손에 붙들린 갈대 위를 걸었다.

내 몸에 어느새 스며든 초록빛 싱그러움으로
나는 당신의 존재를 알아차렸고 우리가 함께 있다는
것을 알았다.
당신이 아무 소리 없이, 백지 속 거울의 중심까지
내게 가까이 다가왔다는 것을……

좋아했던 오래된 책들의 페이지를 열 때 당신이 준 철필을 사용했다. 지금 그 철필로 천천히 내 정맥을 연다. 원피스 소매를 걷지는 않았다. 칼날은 먼저 옷감 속으로, 다음에는 피부 속으로, 마지막으로 살 속 깊숙이 파고들었다. 가장 먼 곳에서부터 가장 가까운 곳으로 그었다. 저항이 점차 줄더니 이내 사라졌다. 블랙베리나 라즈베리의 거품처럼 솟았다가 솜털처럼 미지근하게 흘러내리는 피가 생생히 느껴졌다. 마치 첫 태양에 살짝 베인 꽃이 벌어지듯이.

잠시 아무것도 보지 못했다. 피가 상처의 벌어진 입술 주위에 맺혀 있다가 옷 아래로 스며들었고 피를 받기 위해 오므린 손바닥에 검게 반짝이는 핏방울이 떨어졌다. 다시 아침이 오면 상처를 덮어버리는 이슬. 사라짐.

철필을 허벅지에 닦았다. 가느다란 금속, 빛이 없는 바다의 물고기. 어제도 봉인된 페이지를 열기 위해 이 철필을 사용했다. 보이지 않게 숨겨져 있던 단어들이 날아다니고 펄럭이다가 창문과 내 어깨에 내려앉도록. 오늘, 내 마음의 안온함이 내게서 벗어나 도망친다. 뜨겁고 붉은 작은 강이 바다를 향해 흐르고 대지로 돌아가 내키는 대로 나를 데려 간다. 침대에 누워 눈을 뜨지 않는다. 할 수 있어도 하지 않는다. 빛을 느낀다. 고르고 느리게 꽃가루처럼 부서진 빛. 감고 있는 눈꺼풀과 팔 끝에서 흔들리는 내 손 위로 빛이 꽃잎처럼 흩날린다. 기다리지 않는다. 더는 기다리지 않는다.

마치 피가 땅에서 흘러나오고 그 땅이 사라져 가듯이, 몸이 가벼워지고 조금씩 비워진다. 기이하고 완전한 부드러움. 흡사하다. 당신이 나를 끌어당겨 꽉 안았을 때, 나를 숨 멎게 하고 풀어주었던 그 부드러움과 참으로 흡사하다.

팔꿈치 조금 위, 밀가루 반죽처럼 하얀 피부의 팔 안쪽에서 무언가가 나를 찌르고 끌어당긴다. 어느 곤충의 집게. 족제비의 강력한 이빨. 파도. 면, 리넨, 양치식물의 파도가 머릿속에서 감겼다가 펴지며 눈 뒤쪽, 몸의 검은 부분, 보이지 않는 곳에서 부서진다. 이 모든 일이 순식간에 벌어졌다. 그리고 적막. 한없는 적막……

죽음에서는 사과 맛이 난다. 사과나무가 꽃을 피우고 불길에 휩싸인다. 세 명의 아가씨가 정원으로 들어오면 당신은 그들과 춤출 것이다. 첫 번째 아가씨는 머리카락이 흰 눈(雪) 같고, 두 번째는 입술이 바람 같을 것이다. 세 번째는 아주 크게 웃을 것이다. 세 아가씨가 당신의 정원에 찾아올 그날은 겨울일 것이다.

전화하지 않을 것이다. 누가 오겠는가? 당신에게 편지를 쓰고, 당신 몸을 세밀하게 그리며 어루만지고, 어둠 속에서 눈먼 채로 당신 얼굴을 보듬던 내 오른손, 내 오른손이 붉게 물들었다. 손바닥에서도 이제는 당신의 존재, 당신의 윤곽을 알지 못한다. 돌과 짐승도 누군가가 그들을 더 이상 보지 않을 때, 땅과 하늘이 그들을 떠나고 영원히 버려졌음을 스스로 깨닫게 될 때, 살과 피부처럼 피를 흘릴 것이다. 부재는 비어 있음이고 유혹을 그치지 않는 현기증이다. 아무 예고도 없고 어떤 대지나 어떤 지면에서도 열리지 않으며 아무것도 끝나거나 시작되지 않는 심연이다. 아무것도. 심장은 시들고 말라서 오그라든다. 무(無)에 불타버린 죽은 나무. 나는 타들어 간다. 익사한다. 아무 느낌 없이.

긴 시간. 생각보다 훨씬 오래 걸리는 시간. 시간을 멈추는 데 걸리는 시간. 내게서 나오는 따뜻한 액체, 우유, 물, 땀을 죽음이 핥고 있다. 찌꺼기까지. 내 몸속 장기들 벽에 달라붙은 쓰디쓴 찌꺼기까지 모두 다. 내 그림자와 생기를 스스로 모두 벗겨낸 후에야 비로소 빛은 단 한 번의 가격으로, 단 한 번 던진 창으로 나를 관통할 것이다. 병원 벽과 병상에서 배어 나오는, 모든 생명체에게 낯선 빛. 시트와 시트에 싸인 몸들과 몸속 눈동자들의 흰빛. 병실에 도착했을 때 이미 고갈된 핏기 없는 껍데기의 소음에 지나지 않는 목소리의 흰빛. 밀가루나 대리석처럼 창백한, 유령의 피와 혈청, 그 피의 흰빛. 죽어가는 이들의 태양, 불모의 메마른 빛. 이제는 어떤 걸로도 산 자와 나를 구분할 수 없으리라. 산 자들처럼 나도 죽으리라. 그들처럼 고요해지고 침착해지리라. 나 스스로를 파멸시킬 무와 부재는 그들의 세계, 그 세계를 이루는 것과 더불어 텅 빈 공허와 하나가 될 것이다. 나는 이 사람들과 동떨어져 있었다. 본질적이지 않은 것에 쏟는 그들의 열정과 모든 일에 대한 그들의 순응과 그들의 가엾은 사랑을 포기하게 한 노예근성을 마음 깊이 증오했다. 애초에 그들은 무례함과 천박한 자유를 휘두르며 무엇이든 계속해도 상관없다는 이유로 자신을 타락하게 만드는 것 외에는 아무것도 받아들이지 않았다. 그들을 살게 한 것이 나를 죽게 했다. 어린 소녀일 때도 나는 이미 그들을 알아보았다. 그들의 아이들은 그들과 닮아 있었다. 그들처럼 힘에 익숙하고, 겉으로 보기에 확실한 것에만 몰두하고, 신비에 대해 무지하고, 점차 줄어들어 쫓겨나게 될 어두운 그림자만 보았다. 때때로 누군가가 나를 죽여주었으면 했다. 두개골에 두 눈을 박고 인형처럼 사지를 부러트리고 가장 깊은 밤 속으로 던져서 마침내 끝없이 원점으로 되돌리고 능욕하는 이 삶으로부터, 이 가벼움으로부터 나를 해방시켜 주기를 원했다. 고통이라는, 한 마리 다람쥐가 내 심장을 갉아 먹고 있었다. 오늘 나는 이미 완수되었던 오래된 죽음을 이어받을 뿐이다.

　가벼움. 상승. 많은 피가 흐른다. 아마도 내게 무한한 양의 피가 있는 듯하다. 어쩌면 내 시간이 끝날 때까지 피를 잃을지도 모르겠다. 내 손에서 흐르는 피는 바닥으로 굴러 떨어져 술에 취한 잉크가 흡착지를 물들이듯 카펫에 색을 입힌다. 가벼움. 내 안의 강물이 나를 모두 떠났을 때, 진줏빛 뼈가 더는 빛나지 않고 거칠해져 회색이 될 때, 내 영혼은 이 사이로 빠져나오고 입술을 지나 아주 높이 저 멀리 날아갈 것이다. 연처럼, 참새처럼. 새들을 죽은 자의 영혼이라 하지 않던가. 나는 울새가 되고 싶다. 울새는 태초부터 매일 밤 죽임을 당하는 새다. 강철보다 차가운 달빛이 울새를 갈랐고, 끝없이 영원토록 가른다. 남아 있는 얼룩은 상처를 증언하며 상처가 다시는 닫히지 않으리라 말한다. 수천 번 처형당한 죽음은 삶도, 삶에서의 죽음도 더는 기억하지 못한다. 더는 망각도 없고 아무것도 기억할 수 없다. 그런 이유로 울새의 노래는 지극히 아름답고 희귀하며 더없이 감미롭다.

암흑. 어둠이 느껴진다. 낮처럼 캄캄하다. 계속 감겨 있는 내 눈은 두 번 다시 열리지 않을 것이다. 내 눈은 이 방에서 당신 존재의 흔적을, 바람이 지나가고 욕망이 지나갔다고 알려주는 직물과 색채의 어지러운 흔적을 더 이상 찾지 않으며, 새벽빛을 더는 가두지 않을 것이다. 내 두 눈을 다시 감기고 내가 듣지 못한 당신의 말, 그 말들의 밀랍으로 봉인한 것은 당신이었다. 살의를 품은 파편이 내 속에 들어와 차례차례 배 속을 헤집으며 부드러움을 약탈했다. 나는 당신이 말하는 것을 듣고 있지 않았다. 당신의 목소리, 오직 당신의 목소리만 들었고, 그것으로도 충분히 이해할 수 있었다. 나는 당신에게 등을 돌린 채 웃고 있었다. 이 작은 공원, 작은 정원의 중앙으로 터를 옮겨 홀로 서 있는 커다란 마로니에 나무를 창밖으로 내다보았다. 우리의 침대에서는 가장 높은 가지가 보였다. 그 풍경으로 우리의 하루가 시작되었고, 태양의 첫말과 비의 첫 슬픔이 우리에게 전해졌다. 무수한 공상과 속삭임의 은신처가 돼주었던 나뭇잎들. 때가 되어도 맺히지 않을 열매. 나는 당신이 떠나는 것을 보지 못했다. 갑작스레 찾아온 서늘한 기운 속에서 내 그림자가 내게서 멀어지고 당신 발밑으로 굴러가서 당신 그림자가 두 배로 늘어났다는 사실을 알아챘다. 침실 문이 닫히고 조금 후에 3층 아래 건물 문이 닫혔다. 황급히 창문에서 물러났다. 누군가 사라지는 모습을 보았는가? 떠나는 사람, 누군가가 떠나는 모습을 볼 수 있다면 그 장면은 갑작스러운 죽음 그 자체일 것이다. 감각과 마음과 영혼이 견딜 수 있는 한도를 초과해 눈부시게 망가진 몸. 돌이 되어버린 소금 조각상. 지옥으로 들어갈 때는 뒷걸음질로 아주 천천히 가야 한다. 분노와 고통 후에. 순진하게 서두르기만 하면 잊을 수 있다고 믿던 순간이 지나고 난 후에. 따라온 길의 본질을 속이려 행복과 비슷한 감정이 올라올 수도 있다. 상처를 스스로 인식하는 시간. 아무것도 상처를 메울 수 없으리란 걸 알게 되는 시간. 두 시차가 클수록 고통은 더 늦게 찾아온다. 눈치채지도 못할 정도로 미묘하게 시작하는 극심한 고통.

몇 달 동안 지속했던 강력한 수면 처방 덕분에 나는 다시 평범한 나 자신으로 돌아왔고, 예전부터 일상이 내 전부였던 듯 모든 일을 능숙하게 해냈다. 진부하고 은밀한 무언의 절망 속에서 여러 일들을 해냈고 필요한 단어들을 소리 내어 말했다. 그렇게 모든 일이 진행됐다. 다른 모든 일. 몽유병과 열병. 생활. 살아가기. 그 당시에는 아무 일도 일어나지 않았다. 아무 일도 일어날 수 없었다.

나는 불행과 죽음을 잉태했고, 그 둘은 나도 모르는 사이에 내 안에서 자라고 있었다. 그 사실이 미세하게 떨리는 손과 행동으로 드러났다. 깨진 유리. 읽지도 않고 페이지를 넘기던 책. 회답하려고 썼으나 부치지 않은 편지들. 나 자신에게도, 가까운 누구에게도 관심을 두지 않은 채 커져만 갔던 무례함. 사람들은 나를 기껏 변덕스럽다고만 생각했다. 나는 초대와 만남을 거절했다. 삶을 살아가지 않고 멀리서 그들을 모방하는 것만으로 충분했다. 그 이상은 힘에 부쳤다. 기쁨을 표현하는 갖가지 표정. 달아오르는 얼굴. 가소로운 공모들. 그런 것들은 할 수 없었다. 내게는 비어 있는 곳에 분칠하고 벽에 채색하기 위한 마음이 결여되어 있었다.

내 마음속, 그 안에서는 다른 시간이 흘렀다. 뒤집힌 탄생. 첫 번째 통증이 나타났다. 사라진 물. 내가 눈물을 흘리지 않고 울고 있다는 것을 문득 알아차렸다. 처음에는 내가 왜 우는지 몰랐다. 그러다 깨달았다. 아무것도 잊지 않았다는 것과 아무 일도 일어나지 않았다는 사실 때문이었음을.

나는 이 방으로 돌아왔다. 방은 그때와 마찬가지로 비어 있었다. 사면의 벽, 책상 하나, 침대 하나. 나도 당신처럼 사물과 물건이 떠드는 걸 싫어했다. 이곳에는 당신이 준 마지막 선물인 양 이 철필과 그것으로 베는 죽음만 있을 뿐이다. 벌어진 이 상처, 이 공포, 이 고통을 사랑한다. 그것들이 없었더라면 당신을 내 상상이 만들어 낸 존재라고 생각할 수도 있었다. 이 표식들은 당신 것이다. 녹아내린 내 안에서 피 흘리는 당신이란 존재. 서로 얽히고설켜 분리할 수 없는 호흡과 존재. 하나가 시들면 다른 하나도 메말라 가는.

당신의 글은 나를 기쁘게 했고, 당신의 말은 알고는 있었으나 인식하지 못했던 것을 내게 드러냈다. "절망을 통해서만 절망을 넘어설 수 있다." 이 말의 무거움을 변명하기 위해 웃으며 말하던 당신. 죽음을 통해서만 죽음을 넘어설 수 있다……

당신을 따라갔다. 나는 당신을 따르기 위해 아무것도 포기하지 않았다. 아무것도 소유하지 않았고 그 무엇을 가져 본 적도 결코 없었기에. 당신처럼, 당신이 그랬던 것처럼. 나는 이제 당신보다 앞서 있다. 여전히 당신에게 매료되어, 당신이 떠났으나 다시 돌아올 원 안에 머물러 있다. 무엇이 당신을 데려갔는지 몰라도 그게 무엇이든 두렵지 않다. 때때로 당신의 발걸음을 늦추고 침울한 몸짓을 하게 하고 당신의 상냥함을 그다지도 흐릿하게 만들던, 먼 곳에 대한 이 욕망을 두려워한 적은 한 번도 없었다. 나는 거기서 삶의 이상적인 확장과 과잉의 정당성을 발견했다. 당신은 자유와 사랑이 지평선 너머의 한 지점에서 교차하고, 그 두 무한이 육체에서 비롯되지 않은 단 한 번의 손길로 통합된다는 것을, 결국 하나의 무한만이 있었을 따름임을 직접 시험해 봐야만 했다. 나는 항상 그것을 직감했다.

가라, 세상은 자신의 신경망에 얽힌 것들, 자신의 그물에 걸린 모든 것을 지치게 만들었다. 서리와 나병은 사냥꾼이 감히 들어오지 않는 그들의 숲에서 멀리 떠나 모험에 나선 짐승들을 곧바로 낚아챈다. 가라, 내가 당신을 위해 길을 열어주겠다. 나를 조금은 두렵게 하는, 아직도 조금은 두려운 다가오는 이 밤 앞에서, 당신이 돌아올 때 더는 주저하지 않도록 길을 열겠다. 욕망이 교차하는 밤. 경계선. 주변부. 가장자리.

가라, 나는 당신 곁에 남을 테니. 당신은 미지의 땅을 밟으며 새로운 답을 찾는다고 생각하겠지만 내 땅, 내 몸, 내 광기 위에서 헤매고 있을 뿐이다. 나는 여기, 당신 안에 있다. 나는 당신의 주변 사람들이 궁금해하고 영문도 모른 채 두려워하는, 당신 눈동자에 깃든 빛나는 부재다. 나는 당신에게 미소 짓고 당신 어깨에 손을 얹고 같은 웃음으로 당신과 함께 웃는 사람들의 영혼을 뜯어 먹는다. 당신이 얼마나 멀리 가든, 매분 매시 매일 당신과 만나고 당신에게 이야기하고 갓 구워진 따뜻한 빵을 당신과 함께 먹는 사람은 언제나 나다. 나는 공간의 법칙, 시간의 규약, 거리의 규율을 폐

지한다. 내 피를 뿌리고 흐르게 한다. 그 피가 당신이 걷는 길을 기름지게 하고, 열매를 맺게 하며, 당신을 달래줄 육체들에 물을 뿌린다. 내 피는 모든 걸 침범하고 당신을 환영하지 않는 집들에 치욕의 이름을 새기며, 당신이 원하는 것보다 오래, 내가 당신에게서 원하는 것보다 더 오래도록 당신을 가두어 둘 철책과 장벽을 녹슬게 하기 위해 내게서 흘러나온다. 당신이 보는 아름다움이 나의 도착을 당신에게 알리며, 당신의 귀환을 앞서간다. 세상은 하나의 아름다움과 다른 아름다움 사이에 놓인 틈새일 뿐이며 욕망이 기운을 되찾고 숨을 고르는 데 걸리는 시간에 불과하다. 모두 자줏빛이고 핏빛이다. 향수는 향수를 담았던 유리병을 깨뜨린다. 사랑은 사랑을 지키고 보존하던 크리스털을 에나멜 조각으로 부서뜨렸다. 하지만 여전히 한참 부족했다. 장소의 개념 자체를 산산조각 내는 건 여기서든 저기서든 가능하지 않다. 마을, 풍경, 산, 비, 도시, 바다. 모두 자줏빛이고 핏빛이다. 당신은 내 혈관 위를 걷고 내 폐 안에서 잠들고 내 속에서 숨을 쉰다. 당신은 나를 피할 수 없다. 당신은 장소를 버릴 수 있고 세월을 잊을 수는 있어도, 형상이 없는 것을 지울 수 없고 당신에게서 아무것도 취하지 않는 것으로부터 벗어날 수는 없다. 떠나기 위해 예전부터 이미 열려 있던 것, 그저 열려 있기만 한 것을 다시 열 수는 없다. 나는 더는 기다리지 않는다. 그러나 곧 다시 기다릴 것이다. 새롭고 설레는 기대감으로. 의심 없이, 강요 없이, 조바심 없이.

내가 큰 소리로 혼잣말하는 걸 본 당신은 '나의 마니아'*라고 말하곤 했다. "고약한 버릇이네. 이 옷들 좀 봐요! 언제쯤 애처럼 굴지 않을래요?" 그러고는 나보다 더 크게 웃으며 당신의 엄격한 어조와 법의 수호자, 아버지, 배우자, 상식적인 사람의 역할을 한 것에 무척 즐거워했다. 당신은 진지함을 매우 책임감 있는, 창백한 죽은 자들에게 맡겼다. 당신은 진지해지는 것을 무척 심각하게 여겨서 그런 척만 할 수 있었다. 당신은 정확히 내 나이였지만 나이는 아무런 의미도 없었다. 네 살이든, 천 살이든. 당신은 이렇게 말하곤 했다.

그건 바로 어린 시절에 관한 거였어요. 나는 혼자 말하고 있었죠. 왕과 이야기하려고 요정들을 재촉했어요. 중개자나 메신저, 천사와 문지기를 외면하면서요. 난 항상 혼자 말했어요. 항상 당신에게 말했답니다. 당신이 듣게 하는 데는 내 목소리면 충분했어요. 내 목소리만으로도요. 그 어떤 것보다도.

이 죽음은 얼마나 오래 걸리는가. 아직 춥지는 않다. 내게 이리도 많은 온기가 있었던 걸까? 내 안에서 올라오는 이 불꽃은 무엇인가? 지금 가물거리며 흔들리는, 곧 꺼질 이 불꽃은…… 자신의 이전 역할을 기억하고 공허하게 작

---

* Manie(n.f) : 편집증, 괴벽(怪癖)

동하며 저항하는 힘들. 어긋난 균형…… 어디로도 향하지 않는 충동들…… 길을 잃고 중간에 멈춰버린, 더는 아무런 정보도 주지 않는 감각들…… 내 피로 영양을 취하던 동물과 식물과 나라들이 사라지기를 거부하고 공포에 떤다. 균열…… 갈라진 틈…… 삶은 여전히 자기 뿌리 속으로 더 깊이 파고들어 죽음이 자신을 보지 않기를, 멀리서 움켜잡지 않기를, 자신을 잊기를 바란다…… 더는 손이 움직이지 않는다…… 들어줘…… 내 말을 들어줘.

II

·

　당신은 어디에서 왔는가? 당신은 어떤 정당성으로 모든
권력을 축소하고 가려진 힘으로부터 권위를 끌어내는 능력
을 지녔는가? 당신의 말은 참으로 옳아서 영혼과 육체가 고
통스러워하는 정확한 그 지점에 닻을 내렸다. 고통을 없애
거나 고통 이전으로 되돌릴 마법은 당신에게 없었다. 인간
의 힘 이상의 능력이 필요하다는 것을 즉각 인식하지 않고
서 이 지식을 자랑할 수 있는 이는 누구인가? 과연 누가 숭
고한 이 예술에 거짓됨 없이 자신을 바치는가? 당신의 작품
은 가장 보잘것없는 것이라도 언제나 경이로웠다. 당신의
말은 넘어져 울고 있는 아이를 안듯이 알려지지 않은 상처
와 아주 오래된 고통을 안아 들고 태양 속으로, 가장 커다란
빛 속으로 나아갔다. 마침내 나는 상처를 주는 건 고통이 아
니라 고통을 둘러싼 어두운 밤이며 밤의 외피임을 깨달았
다. 다시 사랑이 가능해졌다. 웃는 것도. 우는 것도. 달지 않
은 달콤함. 폭력적이고 상냥한 부드러움……

당신의 걸음걸이. 당신의 무거운 몸과 날아갈 듯한 가벼운 몸짓. 당신의 손. 당신의 말을 강조하거나 취소했던 손의 자취. 당신은 모든 논쟁에서 도망쳤고 의견 속에 숨은 은근한 독재를 경계했다. 당신은 당신이 말한 것보다 더 많은 꿈을 꾸었다…… 그래, 꿈을 꾸었다. 사색과 공상 사이에서. 그토록 확실한 것과 한없이 덧없는 것 사이에서. 당신의 손은 말보다 미리 앞서 보이지 않는 무언가를 그리곤 했다. 말 아래 숨겨진 말을. 마음을 건드리고 입술을 어루만지는 손길로. 삶 속에서, 당신은 삶보다 더 많은 것을 엿볼 수 있게 해줬다. 문장 없이, 당신의 걸음걸이와 행동과 미소만으로.

　　신중하고 절대적인 어떤 힘이 당신을 명령의 잔인함과 통제의 편리함으로부터 벗어날 수 있게 해줬고, 당신의 그런 자유가 나를 해방시켰다. 그곳은 어디였을까? 나는 당신이 그곳에서 나왔다는 것을, 향수와 음악과 먼지가 당신 곁에 남아 당신 손목에서 빛나고 당신 눈 속에 흐른다는 것을 대번에 알았다. 당신이 나를 끌고 갈 그 정원, 당신이 나를 데려갈 그 나라. 내가 이미 어디인지 알고 있다는 생각이 든 그곳…… 당신이 내게 다가와 이렇게 상처를 입혔다는 것은 그만큼 오래 걸어왔다는 뜻이다. 나는 아주 멀리 있었으므로. 모든 걸 내려놓고 내 아파트 안에 고립된 채. 당신의 말은 개와 늑대 무리처럼, 몰려오는 제비 떼처럼 내 문을 포위하고 나를 더욱 고립시키기 위해 왔다. 이렇게 멀리까지 온 사람은 지금껏 아무도 없었다.

당신의 걸음걸이…… 때때로 내 몸과 맞닿아 느껴지던 그 기이한 몸. 나는 사무실과 공장의 퇴근 시간에 사람들로 꽉 찬 버스를 타고 다니는 게 좋았다. 그 안에선 당신 몸에 더 바짝 붙을 수밖에 없었으니까.

내가 사랑했던 당신의 나신. 불빛을 가르고 드러나던 근육…… 부드럽게…… 느릿하게…… 나는 당신의 다리 위에서 구르고 당신 어깨로 미끄러졌다. 희열 그 이상이었던 당신이라는 희열…… 레이스, 땀, 배 부근과 팔 위쪽에 슬며시 접힌 살과 매끄럽게 갈라진 피부, 그곳에서 스스로 즐기고 춤을 추고 갈대같이 쏟아지는 환한 태양 빛 위에서 서로 결합하는 육체. 내가 입술을 통해 당신 안으로 들어갔듯이 당신은 입술을 통해 내 안으로 들어왔다. 벌이 꽃을 감싼 공기와 물의 장막을 통과하여 꽃잎의 살결로 스며들고 유향과 황금과 꿀이 깔린 그늘 속에 잠기듯이.

당신은 곧바로 내 안에 들어오지 않고 내 살갗에서 별처럼 빛나는 향과 즙을 먼저 음미했다. 찢지도 구기지도 않았던 잠자리 날개. 당신이 마신 것. 그것은 시간을 초월한 시간의 향기와 즙이었다. 벨벳, 실크, 백합의 주름. 당신의 향은 내 향과 하나 되어 그 안으로 녹아들었다. 오직 눈에 보이는 형태와 감춰진 본질만을 드러냄으로써 자신을 모조리 내맡긴, 이슬과 피로 만든 케이크. 당신은 눈앞에 놓인 그것을 탐욕스럽게 먹지 않았고, 그 음식의 풍미에 전율하고 감동했다.

당신의 욕망은 남자들에게서 종종 볼 수 있는 허기가 아니었다. 당신의 욕망에는 금세 만족하여 매정하게 망각과 선잠 속으로 곧장 빠져드는 조급함이나 불면의 열정이 없었다. 자녀, 배우자, 형제, 아버지…… 당신은 이 모든 혈족과 혈연과 인척 관계에 지쳐 있었다. 몸을 피로 물들이고 영혼에 걸림돌이 되는, 겹겹이 입은 옷들. 당신은 진실에 도달하고 마음의 본모습과 고통에 이르는 데 얼마나 많은 시간이 필요한지 알았다. 당신은 피부에 들러붙은 차디찬 옷을 잘라냈다. 당신의 섬세함은 폭력만큼이나 나를 놀라게 했으며 내게서 당신이 들었던 소리 없는 비명과 무언의 말을 끌어냈다. 나는 당신 안으로 밀고 들어가 당신의 손과 이를 통해 당신 안에 안착했다. 당신은 내가 당신 안에 거주할 때만, 당신 안에서 움직이는 것을 느낄 때만, 당신의 단단해진 성기가 나를 관통할 때만 내 안으로 들어왔다. 나는 거품이 되고 진주조개가 되고 정맥으로 줄무늬를 이룬 조가비가 되어 뜨거운 모래 속에 깊숙이 파묻혔다. 얼마나 순수하고 독특한 부드러움이었던지, 한마디 말이 우리 사이에서 길을 잃으면 당신과 나, 둘 중 누가 그 말을 꺼낸 것인지도 알 수 없었다.

더는 당신에게 속한 것도 내게 속한 것도 없었다. 더는 어떤 역할도 어떤 자격도 없었다. 부드러움이 왔다가 사라졌다. 당신 배에서 내 배로, 새벽이 지나가는 회랑처럼 반원을 그리며 뜨는 무지개. 한 척의 작은 배가, 하나의 파도가 우리를 데려갔다. 우리는 우리를 감싸고 압도하는 선명한 빛의 도구에 불과했다. 그 빛은 자신을 드러냈던 특권의 땅을 무너뜨리고 완벽한 태양계로 합류하기 위해 자신을 몰아붙였다. 밀물; 너울대는 보랏빛 물결, 바람의 눈꺼풀, 둥글게 휜 공기, 구겨진 하늘의 푸른빛과 시트 망사의 흰빛.

땀, 몸속 깊숙한 곳의 수분, 가장 오래되고 가장 독특한 삶의 분출이 이미 거기에 있었다. 내 가슴을 불태우고 입술을 갉아 먹고 나를 너무 세게 밀어붙여 때로는 비명을 참기 위해 당신의 피부 위, 구름 같은 어깨에서 내 이를 다물게 한 것은 모두 바다의 소금이었다. 흰 눈에 덮인 과일을 베어 물 듯 당신을 물었다. 당신을 향한 욕망의 신선한 물을 마시고 내 갈증을 해소하는 동시에 더욱더 갈증을 느끼기 위해. 내 뺨에는 오렌지가, 당신 심장에는 체리가, 우리 입에는 산딸기가 있었다. 내 목구멍에서 피어난 눈부시게 창백한 장미, 장미 가시에 찔려 거칠어진 목소리. 서로 얽혀 별처럼 흔들리는 바다풀, 해초, 혜성. 폭력보다 더 난폭한 부드러움, 번개를 실은 배. 나는 내가 온갖 꾸밈이나 가족적 정서를 본능적으로 싫어하고 혐오하는 이유를 깨달았다. 그건 순간적으로 진짜와 닮았다는 착각을 일으키기도 하지만 진짜와 전혀 다른 무미건조하고 빛바랜 가짜, 이 삶을 희화한 그림이기 때문이었다.

당신은 부드럽게 나를 제압하고 쓰러뜨렸으나 파괴하지 않았다. 생각이나 상상으로도. 당신에게는 이런 하찮은 기교가 필요 없었다. 무한하고 영원한 것도 당신을 두렵게 하지 않았다. 당신의 쾌락은 가진 자들의 쾌락보다, 더 안전한 삶과 더 큰 지배력을 갖기 위해 마음을 닫고 앞만 보고 달리며 다른 이들의 의지를 꺾는 자들의 쾌락보다 더 순수했다. 그들은 일생을 잿빛으로 엮어낼 줄만 알 뿐 손에 쥔 생명 없는 재산의 씁쓸하고 시든 맛 외에는 다른 맛을 찾지도 않고 알지도 못한다. 관례적인 법과 습관으로 세운 울타리. 돌들의 섹스. 그들은 부패하고 움직이지 않으며 타인과 분리된 것만을 용납한다. 그들은 진정한 기쁨이 자신을 망가뜨릴 것이라고 믿으며 변화를 받아들이지 않고 원하지도 않는다. 죽거나 죽이는 것, 살해하거나 살해당하는 것. 당신은 이 딜레마, 그 거짓말에서 벗어났다. 두 가지 대안은 결국 하나의 문제일 뿐이었으며, 거기에선 삶이 무언가를 얻지도 자신의 한계를 벗어나지도 못했다.

그들이 과시하는 이러한 재주, 어리석기 그지없는 재주가 당신에게는 없었다. 교활하지도 뒤틀리지도 않았던 당신은 올바른 마음을 지닌 정직한 사람이었다.

가끔 당신이 길을 잃을 때가 있었다. 나는 당신 육체의 비밀을, 당신의 우울한 눈빛을 포착하여 그것을 나의 옷으로 삼았다. 마치 납처럼 날개가 녹아버린 곤충의 허물을 땅에서 주워 입듯이. 나는 당신이 나를 보고 당신 자신을 보도록 손으로 당신의 얼굴을 감싸 쥐었다. 마치 당신 스스로는 자기 자신을 바라볼 힘이 없다는 듯이. 거울이 비추지 않는 그것. 나는 당신을 불렀고 당신을 데려가려는 어둠을 물리쳤다. 나는 우리가 가깝고 불분명한 적을 사랑하듯 비어 있는 당신의 상태도 좋았다. 나는 당신 눈에서 구름을 걷어냈다. 갑작스레 눈이 멀고 인간의 말을 듣지 못하게 되고 본능적으로 물러서는 당신의 마음을 몰아냈다. 당신을 찾아서 내 눈의 밝은 빛으로 다시 데려오기 위해 멀리까지 갔다. 나는 배울 수도 전수할 수도 없는 지식 — 삶에서 죽음의 덩어리를 뿌리째 뽑아내는 법, 진흙과 뜨거운 지푸라기 속에 숨겨진 죽음의 씨앗을 제거하는 법 — 을 본능적인 광기를 통해 깨우쳤다. 당신은 완벽하고 흔들림 없는 존재로서 그곳에 있어야 했다. 나는 당신의 생으로 살았다. 당신의 존재가 강해질수록 내 존재 또한 더욱 확고해졌다.

이 그림자들은 우리 사이에 있었던 것이 아니라 둥둥 떠다니며 당신 곁을, 당신 주위를 배회했다. 나는 당신에게 묻지 않았다. 그저 육체가 자신의 무게를 감내하고 견뎌야 해서 영혼이 일시적으로 탈진하고 피로해진 것이라고 여겼다. 그 이상은 아니었다. 저 멀리 반쯤 꺼진 화염의 불똥, 불티. 생이 완전히 소진된 건 아니었다. 그 극도의 쇠약함이 새로운 활력으로 변모하던 마음 밑바닥에는 어떤 잔재가 남아 있었다. 반항적이고 불순한 잔재. 바람에 날아간 재와 나뭇가지. 지상에 속한 당신의 한 부분.

당신은 사랑의 연금술에 저항하는 싸구려 쇠붙이와 미세한 응어리를 감지했고 허용하지 않았다. 약혼자에게 한

경이로운 요구. 경직되지 않았으나 엄격한 그 요구는 모든 도덕 그리고 그 안의 거짓과 인색한 계산에서 수십 광년만큼이나 멀리 떨어진 채, 마치 가장 자유로운 자유의 샘에서 솟아오르는 듯했다. 사랑에 대한 요청은 이랬다. 인생의 모습이 밝게 빛나길, 삶의 특성 하나하나가 끊임없이 변해 예측할 수 없기를, 순간적으로 포착하거나 가리킬 수 있는 이미지가 생기지 않고 그런 이미지를 상상할 수도 없게 되기를. 하나가 아닌 천 개의 얼굴. 피가 포도주로 수액으로 증류되기를. 어떤 제한도 없이.

투명성에 대한 약속. 모든 생명을 향한 순수한 신뢰. 너무도 강한 당신의 포옹…… 당신은 내 안에 뿌리내렸고, 나는 내 안으로 깊이, 더 깊이 파고들었다. 진흙으로 빚은 검은 빵과 물은 당신 안에서 솟아나 넘쳐 흘렀고, 당신 손가락의 잎사귀와 당신 팔과 다리의 나뭇가지 속에서 부드러운 어루만짐으로, 연한 잎맥으로 자라났다. 방의 공간은 황토색과 진홍색으로 채워졌다. 이곳은 장식도 가구도 없었으나 고귀한 귀족 가문이 소유한 숲의 기품과 미광을 가지고 있었다.

나는 샘의 딸이자 강의 누이였다. 내가 도시에 있었던 건 사고였고, 괴롭고 쓸쓸한 도피에 지나지 않았다. 놀라운 숲속의 빈터, 미소 짓는 변방, 하늘이 무더기로 쏟아져 내린 언덕, 개울, 연못, 당신 덕분에 다시 찾았던 길…… 내가 알기론 당신은 산책하는 일이 거의 없었지만 숲, 초원, 발광하는 봄, 열광하는 계절을 이야기했다.

밖에서는 글을 쓸 수가 없어요. 읽거나 꿈꾸는 것도 불가능해요. 별처럼 무리 지은 새들, 궁전 같은 모습, 벨벳과 황금, 가장 연약한 꽃의 이마에 박힌 왕가의 반점, 절대 권위가 사방에 넘치고 모든 게 한도를 초과했어요. 당신도 알다시피 완전 포화 상태예요. 꿈꾸는 사람을 배제할 정도로 잔인할 만치 아름답고 선명한 꿈만 같아요. 꿈꾸는 사람은 사라지고 꿈속으로 들어가게 되는 거죠. 길을 잃고 구원을 받아서……

자연 속에서 당신의 감정은 한층 격렬해졌다. 나를 그곳에 데려간 당신, 입술을 포개고 블랙베리처럼 내 입술을 짓누르던 당신, 다른 계절 밑에서 흐르는 다섯 번째 계절과 그 계절이 가능하게 해준 것들 — 눈 속의 딸기, 불 속의 수선화, 진흙 속의 밀, 죽음 속의 삶 — 을 알려준 당신. 그런 후에 나는 당신을 나의 산책으로 이끌었고, 당신은 어느새 당신을 둘러싼 사랑, 당신에게 간청하는 사랑에 굴복했다. 당신은 나무를 좋아한다고, 특히 울창한 숲에서 길을 잃고 남몰래 수액을 만들어 내는 나무를 좋아한다고 고백했다. 더 높이 자라서 한껏 오만해진 이웃 나무들에 의해 어둠 속에 가려진 희생자들을. 나무 이름에는 신경 쓰지 않았다. 이름을 부르는 건 소유한다는 뜻이라며 당신은 나무를 사랑하는 걸로 만족했다. 떡갈나무를 단풍나무라고 부르면서 당신은 웃음을 터뜨렸다. 자연은 전혀 개의치 않았으니 그런 실수는 별것도 아니었다. 모두가 연결되어 있었다. 달이 별과 별빛의 털실을 나뭇가지와 줄기의 안팎으로 찬찬히 뜨개질하여 짠 니트들.

몸의 상태, 몸에 대한 관조, 마음의 파동을 표현하기 위해 과일과 곤충과 숲에서 영감을 얻은 풍요로움과 관대함이 당신의 글 곳곳에 스며들었다. 나는 그 사실을 알아챘다. 이 공통점을 이미 오래전부터 분명히 알았다. 이 방에서, 우리가 서로를 떠나는 일 없이 함께 잠들었던 가을의 속삭임 속에서…… 당신은 내게 휙 불어오는 바람, 비단결 같은 물, 불로 직조한 옷, 어머니같이 편안한 대지였다.

당신이 칩거했을 때 사라지지는 않되 흐릿해진 부드러움은 성가신 빛과 소리와 모든 번민에 순응했으며, 더는 한 지점에만 얽매이지 않고 사방으로 퍼져나가 그 중심에 놓인 단단한 핵, 고통을 엿볼 수 있게 해주었다. 날이 날을 그리워하듯 당신의 육체도 내 육체를 그리워했다. 이지러진 태양. 정오의 황혼. 분리된 우리의 몸은 하나의 행성, 하나의 별에서 떨어져 나온 조각들이었다. 현실을 군림하는 왕, 거리(距離)라는 신의 변덕으로 갈기갈기 찢긴 조각들.

이해할 수 없었다. 끝이 없고, 기간도 목표도 모르는 것을 왜 멈춰야만 하는지를. 시간이 돌아왔다. 시청의 시계와 신분증과 등록부의 시간, 측량의 신들이 인체와 연작류에

표시한 시간이. 나는 단지 몇 초에 불과한, 몇 초 그 이상은 아니었던 순간들을 증오했다. 당신 곁에서의 삶은 이전의 삶을 치명적이고 견딜 수 없는 것으로 만들었다.

그래서 나는 두 번 살았다. 당신 손가락 아래에서만 뛰던 내 심장은 바로 그곳에서 매우 편안했고, 내 머리는 방황했다. 교회 첨탑에 앉아 있는, 무쇠와 구름으로 만든 새들을 생각했다. 바람과 소나기를 고스란히 맞고 온갖 것에 시달리면서도 같은 지점, 오로지 한 지점만을 계속 응시하고, 항상 같은 지평선 위에서 녹아내릴 준비가 되어 있는 새들. 이처럼 나도 어디에 있든 당신만을 보았다. 그러나 이 새들과 달리 모욕이나 일상의 오점, 그 어떤 것도 참을 수 없었다. 나는 굴복하지 않았다.

나는 나와 가까운 사람들, 스스로 그렇다고 여기는 사람들을 보았다. 그들은 태양이 긴 칼로 목을 베지 않는 곳, 그 늘진 길을 피난처로 삼아 숨어 살았다. 그들은 태양에 찢길까 두려워 중력에 자신을 내맡기고 스스로 독단적이고 집요한 중력의 대리인, 중력의 법칙이 되었다. 그들은 모든 것에 대해, 아무것도 아닌 것에 대해 답을 얻고자 질문을 질식시켰다. 나는 그들의 일관적인 태도가 부럽지 않았다. 추호도……

내 손을 보라. 내 손은 뼈도 가죽도 없다. 그 손이 피 안에 있는 모래 속에서, 어둠 안에 있는 어둠 속에서, 가시덤불과 쇠붙이와 칼날과 유리잔 속에서 계속 나를 파헤치고 당신을 찾는다. 나는 죽지 않는다. 당신을 만나면 나는 죽음을 멈출 것이다. 우리가 삶을 멈추듯이, 그만큼 능숙하게 그만큼 서투르게. 내 사지는 흑백으로 변해 당신이 걷는 땅 밑에서, 구름 뒤편에서 휴식을 취할 것이다. 당신은 내게 당신의 것을, 당신의 팔과 다리를 빌려주고 내가 당신을 기다리는 그곳으로 나를 데려다줄 것이다. 당신을 기다리는 그곳으로.

III

그건 이야기라고 할 수 없었다. 아무 일도 일어나지 않았으므로. 오직 바람과 새벽녘의 포근한 안개, 금갈색 옷자락을 끌고 지나가는 계절만 있었을 뿐. 창문 귀퉁이의 희뿌연 김이나 라일락 한 다발. 우리는 외출을 거의 하지 않았으나 도시를 벗어나 시골에 가기 위한 외출은 자주 했다. 그곳에서 마치 거울을 보듯 우리 자신을 바라보았고 나무, 풀, 강물 위에서 나날이 커지는 우리의 사랑을 보았다. 무언가를 스치기만 해도 그것들은 우리의 열기로 한순간 더욱 아름다워졌고, 동일한 평화와 동일한 고통에 휩쓸렸다. 거리나 동네에서 우리는 은밀히 감춰져 있는 곳들만을 찾아다녔다. 정신을 딴 데 두고 조급하게 걷는 사람들의 무관심한 눈에는 보이지 않는 골목과 통로와 안뜰, 곤돌라나 바구니나 새장을 매단 정원. 우리에게는 본질적인 것 말고는 아무 일도 일어나지 않았다.

모든 것이 더욱 구체적인 모습으로 복제되어 두 배로 확장됐다. 나는 당신과 함께 여기저기 갈라진 아스팔트 오르막길을 따라 걸었다. 인동덩굴로 뒤덮인 두 울타리 사이, 초원의 푸른 물결 사이로 구불구불 이어진 길이었다. 걸음을 옮길 때마다 발밑에서 마른 회색 먼지가 피어올랐다. 아무도 이 길을 지나가지 않았다. 이 길에는 보이지 않는 또 하나의 길이 있었는데, 두 길은 자매처럼 닮아 있었다. 우리는 이 길도 앞의 길과 똑같은 걸음으로, 뒷굽에 불그스름한 황금빛 먼지를 매달고 두 개의 크리스털 울타리 사이로 걸었다. 비탈길이었고 점점 가팔라졌다. 어디까지 올라가는 길이었을까?

세상은 단 하나뿐이었다. 세상은 오렌지처럼 자신을 중심으로 돌면서 영원 속의 감각과 감각 속의 영원을 동시에 보여주었다. 시간은 단 하나뿐이었다. 시작과 근원과 기원의 시간. 순간은 탄두처럼, 벽에 그려진 문처럼, 달의 꼭두각시처럼 저절로 굴러갔다.

사람들은 나선형의 이 움직임을, 같은 움직임으로 끊임없이 동일하게 회전하면서 각 사물의 소속을 그 자체와 그 자체가 아닌 다른 것에게 고정시키는 이 축을 이미 알고 있었다. 반 고흐의 구두. 세잔의 사과. 잼을 담는 도자기 병에 그려진 푸른 과일과 천사의 몸. 아이들과 신들의 오후 간식. 당신은 그것을 보여주었고 난 느낄 수 있었다. 당신은 늘 가장 아름답고 단순한 것을 내게 말해주었다. 부스러기로 남은 것들은 당신이 어린이들의 마음을 보듬어 줄 동화책을 쓰기 위한 재료였다.

짐승과 돌은 모두 그들만의 천사가 있어요. 천사들은 같은 피를 나눴지만 각각 독특한 개성을 지니고 있죠. 바다의 수많은 파도처럼요. 천사는 사람들이 말하는 것과는 다르고, 이제는 언급도 안 하는 존재예요. 천사들은 사람의 형상을 하고 있지 않아요. 천사와 가장 닮은 건 향수일지도 몰라요. 야생 민트 향, 고광나무꽃 향…… 살아갈 의지가 있는 존재 하나 하나에게 비밀스럽고 공기처럼 가벼운 소금이 되어주는 존재들이죠. 각각의 천사는 자기와 닮은 존재가 하나도 없이 완전히 개별화되어 있어서 시간에 속하지 않고도 시간 속에 있어요. 1초라는 씨앗, 향기로운 이삭 같은 시간 속에요.

당신은 갑자기 웃음을 터뜨렸다. 진지함이라는 위험에 처해 있는 것처럼 보일 때마다 늘 그랬듯이.

그런데 난 천사에 대해서 아무것도 몰라요. 누가 알겠어요. 확실하게 알면 왜 말을 하겠어요? 입 다물고 있는 게 최고지. 그냥 그렇다는 말이에요. 이런 얘기는 실험실이나 통계나 두뇌에서 자라는 우울하고 엄격한 공식들만큼 이상하진 않아요. 아무리 이상하다 해도 그런 공식보다는 덜할걸요? 어쩌면……

어느 날 당신은 모든 물건이 금지된 이 방에 주전자를 가져왔다. 새 부리처럼 생긴 주둥이가 달린 붉은색 주전자는 신기할 정도로 단아하고 아름다웠다. 나는 당신이 이 주전자를 구매한 이유를 알 수 없었다. 당신 입술에 닿을 고급스럽고 세련된 커피, 당신의 혈관을 타고 흘러 심장의 벽에 부딪히고 사라지는, 불타듯 뜨거운 검은 액체를 만들기 위해서였을까. 춤추는 하얀 불꽃 위에서 신음하고 휘파람을 불어대는 물소리를 듣기 위해서였을까. 붉디붉은 박새의 색깔이 맘에 들어서 혹은 시간이 지체되어 출발을 연기해야 하는 밤의 창문을 박새가 부리로 톡톡 쪼다가 아침이 되어 부르는 노래를 듣기 위해서였을까. 커피의 검은색과 주전자의 붉은색, 이 두 색으로 매일의 날이 밝았다. 어쩌면 당신은 이 모든 이유와 여전히 다른 많은 이유로 주전자를 이곳에 가져온 건지도 몰랐다. 당신은 아무것도 분리하지 않았다. 당신으로 인해서 세상은 더는 나누어지지 않았다. 만일 여러 시간대와 여러 공간이 있다면, 그건 모든 방이 꿀의 벽으로 이루어진 벌집 같은 방식으로 존재할 것이다. 단 하나의 거처만이 존재할 뿐이다.

당신이 친절과 호의로 문의 경첩을 돌려놓았던 이웃 세계. 나는 그들 중 한쪽 존재들만 만나는 데 익숙해졌다. 상처를 입은 그들은 나를 아프게 했고 죽은 자의 언어, 이별의 언어를 사용했다. 나는 아무도 만나지 않고 허구의 인물들만 만나는 데 익숙해졌다.

당신과 멀리 떨어져 있던 나는 누구였을까? 나는 변하지 않고 그대로였지만, 거울은 흐려졌고 깨져 상처 조각으로 흩어졌다. 카드놀이에서는 속임수만 난무했고, 킹, 퀸, 잭의 그림은 빛이 바랬다. 남은 것은 숫자와 스페이드와 클로버뿐……

습관과 익숙한 것, 거짓과 비밀, 대등한 반대 쌍들, 전부와 없음. 이런 것들에 대한 혼동. 이성적인 사람이 될 것. 자신의 단점을 파악하고 포기하기. 육체와 영혼과 말을 관리하기 위해 남겨진 이 삶에 아무것도 새기지 말기. 발버둥 치고 투쟁하느라 흔들리고 약해진 땅은 점점 가라앉아 빠른 속도로 꺼져갔다. 적들은 서로 닮아갔고, 이상하게도 서로에게서 기묘한 공통점을 발견하기 시작했다. 이런 상황에서는 오직 탈주하는 것만이 효율적인 방법이었다.

당신은 신비로울 만큼 자유롭고 고독한 극소수의 사람들만 만났고, 이 기술을 극한까지 발전시켰다. 당신이 말해준 이야기는 흥미로웠다. 너그러운 사람들, 인내하고 사색하는 얼굴들. 과묵한 그들은 낮과 밤 사이에서 순수한 공기의 줄 위를 걸었다. 무용수, 신비로운 마음을 지닌 곡예사. 방랑하는 왕자, 떠돌이 군주. 나라도, 신하도, 성도 없었던 그들은 망명도 알지 못했다.

비눗방울이 태양의 발뒤꿈치에 부딪혀 터지면서 태양을 더욱 빛나게 하듯 그들의 지갑에는 서로를 터뜨려 허사가 되는 꿈들로 가득 차 있었다. 프로젝트, 개괄적으로 그려진 여행, 그런 것들을 시작하기에는 돈이 부족했고, 언제까지나 부족할 것이었다. 프로젝트를 다시 시작하고 다시 웃기 위해서는 가상의 돈을 다음 프로젝트로 옮기는 걸로 충분했다. 당신은 그들을 거의 만나지 않았지만 그래도 괜찮았다. 고통 없이 천천히 썩어가는 인생으로 들어가지 않고 피할 수 있게 해줄 감춰진 문이나 비밀 계단이 어딘가에 있다는 증거. 그것이 존재한다는 사실을 아는 것이 중요했다. 우리가 있던 이 방은 바로 그런 곳 중 하나였다.

　해야 할 작업이 있어도 당신은 별로 개의치 않았다. 출판사에서 두세 달 안에 원고를 써 달라고 요청했다. 그러나 당신은 마감일 며칠 전인 지난주가 되어서야 비로소 타자기 덮개를 걷었다.

　무리하고 싶은 생각은 전혀 없어요. 성숙하고 성장하도록 내버려두는 것으로 만족해요. 모든 게 갖춰지면 그때 글을 쓰기만 하면 되니까요. 대수롭지 않은 일이에요. 모든 단어가 쉼표, 침묵, 음악과 함께 잉크병에서 올바른 순서로 반짝이는 순간이 오죠. 남은 일은 번지거나 흔들리지 않게 펜을 제대로 다루는 것뿐이에요. 나는 빛이 다가와 그들의 이름을 말해줄 때까지 그림자를 주의 깊게 계속 지켜보았어요.

당신이 쓴 글을 읽었다. 당신의 세계. 과대망상에 빠져 땅굴 속의 방 한 칸을 빌려 사는 흰 담비들. 이슬로 지어진 갤러리, 과즙으로 세운 벽. 사냥꾼 장화에 무너진 천장. 재즈 오케스트라에서 연주하는 마멋. 희생자를 유혹하려고 선글라스를 쓰고 흰 지팡이를 든 여우. 고양이와 점잔 빼는 거미의 사색적인 대화.

아이들은 무슨 이야기이든 아주 잘 들어요. 그들은 위대한 형이상학자예요. 죽음. 불안. 애매한 친절. 음모를 꾸미는 목소리에 대한 공포. 아무것도 무시하지 않고 모든 걸 받아들이죠.

당신의 원고가 우편으로 발송되었다. 당신은 삽화를 담당한 사람이 누구인지 몰랐으나 삽화에 해석이나 보충 설명을 넣지 않은 그의 솜씨와 기교에 만족했다. 삽화는 같은 밤에 잠시 같은 길을 가다가 동행하게 된 낯선 이처럼 이야기에 담긴 공포를 그대로 표현하며 이야기와 동행했다. 계약서에 서명한 이후로, 당신은 아무도 만나지 않았다. 계약금을 받은 이상 보통의 직장에서와 달리 사직서를 낼 수도 없었고, 중도에 포기할 수도 없었다.

당신처럼 나도 집단과 부족으로부터 도망쳤다. 때때로 나는 억지로 표정을 꾸며야 했고, 나와는 전혀 상관도 없는 일에 미소를 짓기도 했다. 권리와 업무 경계에 관한 분쟁에

참여해야 할 때도 있었다. 사람들은 항상 나의 관심과 내 존재 전체를 요구했지만, 나는 그들의 요구에 맞춰 내 모습을 위임하는 데 늘 성공하지 못했다. 상냥하고 친절한 나……듣는 사람이 듣는 것은 그저 고독한 외침이나 말 없는 비명이나 피를 토할 정도로 수다스러운 말뿐이었다. 나는 고개를 숙여 상처를 들여다보고 긴 머리를 비단 삼아 상처에 붕대를 감고 존재의 근심과 삶의 고통에서 벗어나게 해줄 내 시선의 연고로 상처를 치유해야만 했다.

익명에서 오는 편안함과 어렴풋하고 불확실한 고독을 찾아 몇 분 동안 들어갔던 카페에서, 혹은 길을 가던 도중에, 친구들이나 낯선 이들이 내게 불쑥 다가오는 일들이 있었다. 그들은 내게 말을 걸고, 내 테이블에 앉아 말하고, 말하고, 또 말했다. 그들은 견딜 수 없는 상처를 더 크게 벌리고 쓰디쓴 연보라색 연필로 밑줄을 긋고 내가 잘 볼 수 있도록 그 위에 덧칠했다. 그들은 내 관심이 무한해서 소진되지도 않고 나를 지치게 할 염려가 없으며 세상이 그들에게 완강히 거부한 것을 내가 돌려줄 거라고, 내가 그들을 도와 케케묵은 균형을 되살려 왜곡되고 조작된 저울의 눈금을 올바르게 고쳐줄 거라고 당연하게 생각했다. 그들의 요구에 부응해 주긴 했어도 결국 내게 남는 건 아무것도 없었다. 그들 눈에 내게는 모든 게 쉬웠고, 아무 노력 없이 모든 걸 얻은 것처럼 보였다.

그들은 내가 온화하다고 생각했지만, 그것은 피로감

에 불과했다. 그들의 일시적인 호의와 스스로 열어놓은 심연에 매혹당한 그들을 거부하지 못해서였을 뿐이었다. 내가 그들의 말을 들었던 것은 사실이다. 내가 무관심하고 냉혹해 보여서 다가갈 수 없는 존재가 되기를 얼마나 바랐던지…… 그때 나는 내게로 돌아오고, 내 안에 있는 당신에게로 돌아올 시간이 필요했다.

그러나 어떤 상황에서도 내 안에 원형으로 치솟는 불길을 넘어선 사람은 없었다. 그 안에서 당신은 담쟁이덩굴보다 더, 개머루덩굴보다 더, 끝없이 나를 감싸안았다.

전설에 두 사람 이상 관련된 이야기가 존재하지 않는다는 건 심오한 진리를 보여준다. 마녀, 늑대, 천 년의 세월은 그저 물레에서 계속 혹사당하며 휴식 없는 잠 속으로 빠져든 시간의 전령사로서 서로 바꿔치기할 수 있는 엑스트라에 불과했다. 시간의 원 안에는 오직 둘만이 있었다. 죽음은 제삼자로, 남몰래 들어왔다. 모든 이야기는 죽음을 밀어내고 보이지 않는 문턱을 다시 넘게 하고 뼈밖에 없는 밤의 손가락에서 빛나는 반지를 빼내는 것으로 이루어져 있다.

당신이 떠난 후 당신 없는 무겁고 지긋지긋한 저녁으로 돌아가야 할 때가 되면 완벽했던 원의 윤곽이 흐려졌다. 나는 당신에게 이 사실을 숨겼다. 웃음을 띠며 농담 삼아 몇 마디 할 뿐이었다.

떨어져 있는 시간이나 비는 시간 없이 당신이 늘 옆에 있기를 갈망했던 건 아니었다. 몇 달만 지나면 편한 사이가 되어 모든 열정이 희미해지는 부부라는 변함없는 관계, 그 단조로움은 이미 알고 있었다.

우리의 만남은 당신의 전화로 우연히 시작되었다. 당신의 욕망이 나의 욕망에 접목된 것은 오직 은총에 의해서였고 자유라는 행운 덕분이었다. 당신을 볼 때마다 깜짝 놀랐던 나는 그 놀라움을 간직하고 싶었다. 내 마음을 감쌌던 바깥의 햇살이 당신 얼굴에 겹쳐 보였다. 나는 수천 개의 광채로 반짝이는 당신의 눈빛이 내 눈빛과 같지 않기를 원했다. 늘 다른 빛을 반사하여 완전히 새롭고 독특한 그림을 무수히 만들어 내는 불꽃의 팽이가 끝없이 돌아가며 수놓는 채색 유리. 삶의 팔레트와 입술의 이젤 위에 펼쳐진 무구한 색채의 향연. 나는 당신이 자유로워지길 바랐다.

당신이 오지 않아도 나는 이해했다. 비난하거나 애원하지 않고 견딘 그 시간 동안 나를 집어삼킨 고통은 순수했고, 나를 정화했다. 아무것도, 심지어 당신조차도 그 고통을 없앨 수 없었다. 불처럼 타오르는 갈기, 불꽃이 튀는 발굽, 활활 타는 불길 속에서 빛나는 피부를 지닌 욕망의 검은 말들. 당신을 향해 한시도 쉬지 않고, 한순간도 멈추지 않고 돌진하는 욕망의 황금 말들.

내 몸에서 나온 재와 용암으로 어두워진 이 집에서 남자와 아이가 자고 있었다. 내가 이해하지 못했고, 어떻게 해도 이해할 수 없었던 요구로 나와 묶인 두 사람. 어쩌면 그 요구는 명확하게 규정하거나 모호함이 아닌 다른 방식으로 말하기에는 너무 무겁고 너무 포괄적이었는지도 몰랐다.

저기 멀리, 내 옆에 있는 남자. 연약한 그의 힘. 단순하기 그지없는 그의 비밀. 더는 좋아할 수 없었던 그의 침묵. 내게서 나온 아이, 이슬에 싸여 온통 젖어 있던 어린 소녀, 아홉 달 동안 부드럽고 작은 꽃잎으로 내 마음을 덮었던 아이…… 내 살을 빌려 천천히 형태를 갖추며, 내 입맛을 자기 입맛에, 내 입을 자기 입에 맞추도록 요구했던 아이…… 벌써 다섯 해가 된 아이의 날개……

딸아이가 작은 팔을 침대 밖으로 힘없이 늘어뜨리고 껴안던 인형이 스르르 떨어지는 밤이면 아이의 마음을 안온케 하려고 당신이 쓴 이야기를 읽어주곤 했다. 입술이 파르스름한 인형의 눈에는 기억들이 고스란히 담겨 있었다. 내어린 시절에 친구로 지냈던 일, 딸에게 대물림되어 상담자 역할을 하던 일. 딸아이는 말끔한 새 장난감보다 그 인형을 더 좋아했다.

당신의 이야기는 아이의 마음에 흰 이불을 끌어당겨 평온한 잠자리를 만들어 주었다. 내가 책을 읽고 딸아이가 나를 향해 아이 특유의 진지한 얼굴을 내밀며 당신이 만들어낸 꿈들에 우리가 함께 매혹되는 동안, 나는 엄마이면서 동시에 아이의 딸이 된 기분이 들었다. 아이의 잠이 나의 밤을 지켜주었다. 배회하는 자들과 불길한 두려움, 더는 존재하고 싶지 않다는 욕망을 막는 불타는 원의 작은 수호자……

들어라, 내 욕망을. 욕망은 늘 그 자리에 있고 나는 그 곁에 머물러서 떠나지 않는다. 욕망이 나를 이끈다. 나를 넘어서, 모든 것을 넘어서, 내게서 달아나 나를 버리고 불태우는 피를 넘어서, 나를 당신에게로 데리고 간다. 내가 당신에게 이르지 못하고 닿지 않는다 해도. 들어라, 내 뼈의 잔해에서, 돌처럼 딱딱한 내 살에서, 회반죽처럼 굳어버린 하늘에서 귀를 기울여라. 귀뚜라미 한 마리, 노래 하나가 남았다. 그 노래에서 당신은 모든 걸 찾을 수 있고, 내 피에서, 그보다 강한 내 피의 목소리에서 공기와 광기와 자장가의 결속을 다시 맺을 수 있다. 들어라, 내가 당신을 부르는 소리를, 당신을 부르는 내 목소리를. 한기가 든다. 지독한 한기.

IV

5월은 일 년에서 열세 번째 달이다. 저녁 9시쯤이면 가장 나긋하고 가장 가볍게 심장을 스치는 계절. 겨울의 마지막 나무가 불타오르고 다른 시공간이 왔다. 서두르지 않고 느린 움직임으로 커지는 공간. 다른 시간. 하루 24시간 그 바깥의 시간. 면 원피스와 수채화 옷을 입은 흐릿한 몸들. 길을 알면서도 방황하고, 저 멀리 하늘로 올라가 메아리를 찾아 헤매던 헛된 미소들.

집들의 돌벽에 걸려진 빛, 햇빛의 침전물. 아직 별들이 보이지 않는 희뿌연 푸른색 하늘 위에 구름 자갈, 구멍 뚫린 잿빛 돌들, 밤의 스펀지가 스며들었다. 황소자리, 전갈자리, 염소자리, 사자자리…… 천구의 별자리들이 무중력 공간에 잠시 한데 모여 인연이나 규율이나 구속 없는 자유를 쟁취하려 쑥덕였다. 나는 이 시간을 사랑했다. 희푸른 저녁이 열리는 시간. 나는 그 시간을 알 수 있었다.

어쩌면 당신이 전화할지도 모른다. 그러면 우리는 부두

로 갈 것이다. 도시를 가로질러 집과 기와와 벽돌의 편린들을 자신의 꿈속으로 끌어당기며 주위를 휘감는 게으른 강의 부두로. 너무 춥지는 않아도 서늘한 기운으로 가득 차 있는 부두에서 당신은 검고 아름다운 단어의 스카프로 내 어깨를 덮어줄 것이다.

당신 말 속에 담긴 아름다운 침묵. 당신 목소리가 나를 다른 풍경으로 데려갔다. 여전히 깊은 숲속, 울창한 나무들 사이로. 고귀한 동물들이 그 안을 거닐었다. 두려움과 욕망이 서로 기대어 잠든 갈림길. 공기와 깃털 같은 종잇장들이 저절로 떨어지는 책처럼 내 몸에서 빠져나가는 당신 목소리. 규칙적으로 돌아가는 풍차 날개는 바람으로 어루만지며 내 감각 사이로 단어들을 펄럭이게 했다.

당신은 내가 3년 전부터 거주했던 이 도시에 대해, 당신이 품고 있는 이 도시에 대한 공포와 사랑에 대해 시시콜콜 이야기했다.

아주 오랫동안 공장 하나만 있었을 뿐 다른 건 없었어요. 고독하고 괴물 같은 개미 한 마리. 철탑 안테나들. 사방으로 퍼져 있는 전선과 그을음으로 뒤덮인 금속 몸체. 그 옆에는 집들이 있었죠. 사람들은 그 이후에 도착했어요. 그제야 나타나기 시작한 거죠.

저녁이 되면, 거리는 금세 텅 비었다. 텔레비전의 흔들리는 푸른 빛이 산책하는 사람들의 그림자를 대신했다. 지방 도시의 모습……

당신은 그곳에서 살았다. 이전에 다른 곳에서 살았던 것처럼. 당신은 다른 곳들을 도외시하고 한 장소에만 머무르는 일에 관심이 없었다. 이 무관심은 폐쇄하는 모든 문에 해당했다. 심지어 이름도 마찬가지였다. 당신은 경직된 행정 서류에도 성을 뺀 이름만으로 서명했다. 내 입술 사이에서 당신 이름은 어떤 어두운 점이나 흠도 없이 순결해졌다. 당신에게 다시 붙잡고 되풀이하라고 강요하는, 당신이 태어나기 전부터 시작된 과거의 미완된 이야기들 없이……

어느 날 당신은 당신의 어머니가 아닌 어느 늙은 여인의 환한 그늘 속에서 보낸 어린 시절에 대해 말했다. 식료품점 뒷방에서 보냈던 길고 지루한 오후. 커피와 밀가루 자루와 향신료 바구니에서 풍기던 강한 냄새. 설탕으로 만들어진 조가비, 검은 캐러멜 악마, 마시멜로 자동차로 가득 찬 유리병들. 당신은 유리병 뚜껑을 소리 없이 열어 과자를 꺼내려고 의자 위로 올라가곤 했다.

아버지와 어머니에 관한 질문에는 여전히 답이 없었다. 그렇다고 해서 사물과 빛이 지닌 자애롭고 충만한 질서에 의구심이나 균열이 생긴 것은 아니었다. 다만 두 사람의 부재로 인해 당신은 몽상 속에 빠져들었다. 그 무엇도 당신의 몽상을 반박할 수 없었고 아무것도 그 세계로 가는 방향을 돌릴 수 없었다. 끝도 없고 상처도 없는 몽상으로의 추락.

그 안에서 보낸, 어머니의 조건 없는 애정이나 아버지의 엄격한 훈육에서 벗어나지 않았던 쾌활한 어린 시절. 다정하고 경이로웠던 몇 년의 세월. 붉은색 구리 나비들이 화환 위에서 끊임없이 떨고 있던 커다란 괘종시계의 시계추가 수확한 무수한 1초의 평온한 흩어짐.

부인은 모든 물건 밑에 깔아 놓았던 빛바랜 레이스나 작은 천처럼 나이를 초월한 섬세하고 고운 모습이었다. 그녀는 식탁과 찬장을 간결한 제단으로 바꾸어 추억과 슬픔을 태양의 눈앞에 바쳤다. 사진, 사탕 상자, 꽃…… 당신이 집에 있던 세월 동안, 그녀의 얼굴은 어떤 새로운 주름으로도 시들지 않았다. 쓰라린 쇠퇴의 시간은 조심스럽게 멀찍이 떨어져 있었다.

그리고 당신이 떠났다. 처음에는 학교로, 그다음에는 일터로. 당신은 즉시 자신이 얼마나 뒤처져 있는지 깨달았고, 끝나지 않을 격차를 가늠했다. 냉혹함, 걱정, 의무를 다루는 학문은 당신이 결코 습득할 수 있는 지식이 아니었다. 당신은 매주 수요일마다 그 여인을 다시 만났다. 그녀는 때때로 기묘한 눈빛을 띤 채 되돌아가곤 했다. 이미 다른 도시에 정착해 다른 삶을 살며 멀리 떨어져 있던 당신은 아무것도 할 수 없었다.

그녀가 잘 지내기를 바랐던 이웃들이 점차 그녀를 에워쌌다. 그러나 관심의 고리는 곧 끊어졌고, 그녀는 보살핌을 받을 필요가 없어질 때까지 머물러도 되는 요양원에 입소

했다. 그녀의 몸은 이미 꺼진 두 눈처럼 사라질 예정이었다. 당신은 케이크를 들고 찾아가 그녀가 먹는 모습을 지켜보곤 했다. 그녀는 언제나 맛있는 음식을 좋아했다. 많이 웃었고 같은 농담을 되풀이했다. 별들의 시간만큼이나 아주 오래전부터 이어져 온 놀이였다.

어느 날 저녁, 그녀는 아무도 깨우지 않으려고 신발을 손에 들고 죽음을 향해 종종걸음으로 도망쳤다. 간호사는 그녀가 당신에게 전화했었다고 말했다. 당신은 그녀를 보면서 세상이 새들의 몽상과 느림과 조용한 인내를 위해 어떤 공간도 허용하지 않으리란 걸 깨달았다. 날기에는 너무 좁은 두 벽 사이에 끼어 날개를 퍼덕이면 살갗이 벗겨지고 손상될 뿐이었다. 그녀가 남긴 유일한 유품은 당신이 한순간도 잊지 못할 지식, 즉 모든 사회생활에 대한 증오였다. 강함과 온화함이라는 두 좌표로 얽힌 이 세계에 대한 증오.

당신의 이야기를 듣다가, 친구들 모임에서 우리가 처음 만난 후 당신이 내게 보낸 첫 편지가 떠올랐다. 내가 쓸 수도 있었을 편지. 그런데 우리는 자신의 목소리를 들을 수 있을까? 나는 가끔 그 편지를, 미래를 내다보면서 아직 갈 길이 먼 우리 앞에 오솔길을 열어주었던 그 편지를 다시 읽곤 했다.

며칠 동안 밤마다 땀에 흠뻑 젖은 채 갑자기 깨곤 했어요. 두 번의 수면 사이. 두 물 사이. 쿵쿵 뛰는 심장. 대지가 내 심장에서 솟아오르는 것 같았지요. 악취가 나고 공기가 사라진 마차에, 불빛 없는 트럭에 떠밀려 올라타고, 번개처럼 멋진 칼을 쥔 억센 손을 향해 끌려가는 짐승들은 이토록 무겁고 하얀 불면의 잠을 알고 있을 것 같습니다. 물론 그들을 죽이는 도살자들도 알고 있을 테죠. 그게 바로 우리가 처한 상황이라고 생각해요. 처음부터 우린 그런 상황 속에 있었죠. 태어났을 때부터, 아무것도 비추지 않는 태양에 불타버린 이 세상에 온 이후로.

해야 할 일도 할 수 있는 일도 바랄 것도 믿을 것도 전혀 없으며, 약해지고 약해져서 완전히 쇠약해지기만 할 뿐입니다. 그 무엇과도 화해하거나 타협해서는 안 돼요. 협정이든 휴전이든 맺지 말고, 아무것도 기대하지 말아야 해요. 완전하고 절대적인 고독만 있을 뿐이니까요.

혐오스러운 말. 공포심을 유발하는 말. 토론, 의견, 견해, 아이디어. 잡다한 말. 생활 쓰레기, 폐기물. 우리는 죽게 될 사람들과 이야기합니다. 당신이 그들에게 털어놓은 말들은 모두 그들과 함께 스러질 것입니다. 비밀이든 진부한 말이든. 그들은 그 말들을 무덤으로 데려갈 테지만, 더는 빤히 쳐다볼 수 없도록 그들의 눈에 던져지는 흙더미로부터 그것들을 지켜낼 수 없을 거예요. 죽은 자의 시선은 무척이나 강렬합니다. 산 자들의 눈빛은 더 신중하고 우아하며 좀 더 정중하지요. 어린 딸이 있어서 당신도 잘 알겠지만, 유아의 시선에서도 이 강렬함을 볼 수 있어요. 나이가 들면서 우리는 눈빛에서 그 강렬함을 없애려고 온갖 노력을 해요. 그리고 결국 없어지고 맙니다. 그렇게 더는 자신을 괴롭히지 않게 되지요.

나는 눈에 보이지 않는 것은 여기에 쓰지 않습니다. 눈꺼풀을 들어올리기만 한다면 매일 어디서나 볼 수 있는 것들만을 써요. 하지만 그건 여전히 드문 일이지요.

본능의 명령은 모든 명령과 마찬가지로 정교하지 않아서 대체로 수행하기 쉬우며 최소한의 에너지만 필요로 합니다. 먹기. 자기. 일하기. 놀기. 즐거운 활동. 열차 안에서의 각양각색 움직임. 사소한 것들과 반짝이는 마음의 빛. 마음에 일어나는 분노를 진정시킬 방법은 부족하지 않아요. 공황은 우리가 억누르지 않으면 모든 것을 불태울 것입니다. 비명이 아직 배 속에 있다면, 우리는 그 소리를 잘 막을 수 있습니다. 그것이 우리가 할 수 있는 유일한 친절이지요. 훈련하고, 이성적으로 생각하고, 관계를 맺고, 숨기고, 결혼하는 것. 많은 치료법이 있으므로 우리는 선택할 수 있어요. 계약서, 약속, 서류, 온갖 종류와 색상의 반지. 정말 피할 수 없는 상황이라면 부득이하게 죽일 수도 있습니다.

당신에게 편지를 씁니다. 정확히 당신에게요. 어떤 구실도 대고 싶지 않고, 구구절절 핑계를 늘어놓고 싶지 않습니다. 핑계라는 저속함으로 면피하는 건 하지 않겠습니다. 말들을 멈추게 하고 모든 것에 작별을 고하며 세상으로부터, 모든 세계로부터 벗어나게 하는 목소리가 있습니다. 모든 목소리, 다른 어떤 목소리들 속에서도 유일하게 들리던 당신의 목소리. 당신이 그 위에 덧입힌 언어는 듣지 않았습니다. 오로지 당신 목소리만 들었어요. 그 목소리는 당신이 이 세상에 있지 않다고, 옭아매면서도 느슨한 지상의 관계 속에 있지 않다고 또렷하게 말했습니다. 당신이 그 사실을 절반쯤만 알았거나 전혀 의식하지 않았더라도 저는 분명하게, 확실히 알았습니다. 그건 중요하지 않아요. 사는지도 모른 채 살아가고, 기다리는지도 모른 채 기다리는 것은 흔한 일이니까요.

내 얘기를 들었을 수도 있을 겁니다. 몇 년 전부터 호텔 방에서 살고 있다거나 다소 지나친 감은 있어도 아주 독특한 생활을 한다는 얘기를요. 미지근하고 온건한 사람들은 항상 내가 과하다고 생각하지요. 내가 관심 있는 것은 그 무엇에도 집착하지 않는 것입니다. 나는 아무것도 소유하고 싶지 않습니다. 집도 마찬가지예요. 사람들은 집을 사기 위해 너무 많은 돈을 써요. 내 기준에는 너무 비싼 값을 치르고서 말입니다. 그래서 결국에는 집 안에 들일 것이 전혀 없게 되지요. 영혼 없는 몸, 무너져 내리는 몸, 조각난 입술, 펴지지 않는 손만 남을 뿐입니다. 새 지붕 밑에 깃든 공허함. 당신 목소리는 당신이 아무것도 가지지 않았다고, 내가 당신을 만났던 집은 당신 것이 아니며 당신이 소유한 것은 전혀 없다고 알려주었어요. 어쩌면 내가 틀렸을 수도 있어요. 우리는 언제나 실수할 수 있으니까요. 그래도 상관없습니다.

무엇보다 이 편지에서 내가 하려는 말에는 직장이나 직업 같은 내가 하는 일은 들어 있지 않아요. 물론 실제로 하는 일과 그 외 다른 일들을 열거하고 목록을 작성할 수도 있어요. 그 일들의 가치는 모두 똑같아서 크게 할 말은 없습니다. 별것도 아닌 이런 일을 말하려고 언제나 너무 많은 단어를 동원하기도 하죠. 하지만 이런 일을 말할 때는 웃을 필요도 없고, 그냥 슬쩍 미소 짓고 넘기는 걸로 충분합니다. 최근에는 어린이책을 의뢰받아서 쓰고 있어요.

아마 당신은 이 편지가 무례하다고 생각할 수도 있을 겁니다. 이런 편지를 쓰는 사람은 없을 테니까요. 아니면 수신자가 받지 않을 걸 알거나 쓰고 나서 보내지 않을 걸 알면서 쓸 테지요. 나는 당신이 내 말을 들어주리라고 확신했습니다. 비록 아무것도 그 사실을 내게 보장해 주지 않고 그럴 수 없다 해도 말이죠. 누군가를 만난다는 건 쉽지 않으며 극히 드문 일입니다. 그저 모든 것들이 이러한 만남을 한발 앞서 소멸시키고 파괴하기 위해서만 존재합니다. 무효로 만들기 위해, 세상에 오래전부터 존재해 왔던 불변의 질서를 새롭게 배열한 것에 지나지 않는 것으로 만들기 위해 애를 쓰지요. 그 질서 속에서는 아무 일도 일어나지 않습니다. 어떻게 해야 타자의 존재를, 단 하나뿐인 타자의 존재를 믿을 수 있을까요?

기다림, 기다리기. 올 수 없는 것, 오지 않을 것을 기다리는 것이 무슨 의미인지 아시나요? 사랑이 저주임을 알고 있나요? 당신에게서 삶을 송두리째 뽑아버리고서는 살아 있게 남겨두고, 일상을 벼락에 맞아 불타버린 황폐한 곳으로 만든다는 것을요? 견딜 수 없는 고통이 차라리 나을 정도입니다. 뇌 조직과 부드럽고 연한 눈이 끝없이 찢어지는 고통이라도 말이에요.

오늘 밤, 지금, 당신 목소리를 떠올리고 있습니다. 너무 애써 떠올리면 목소리는 머리 뒤편, 몸 뒤로 물러나 무한 속으로 사라져 버려요. 거의 들리지는 않아도 선명한 목소리. 창문 밑의 신호등 불빛에 제동을 풀고 부르릉대는 자동차들, 트럭들, 행인들. 세상의 소리, 세상 속에 찾아온 밤의 소리. 탄식이나 속삭임처럼 소리를 높이지 않고도 거리의 모든 소음을 뚫고 오는 당신 목소리. 그 속삭임……

어떤 요구나 약속도, 아무것도 없는 늦은 시간입니다. 저는 경찰 보고서에서 엄밀하게 불륜이라고 지칭하는 일을 언제나 피해 왔습니다. 대부분의 결혼 생활이 그렇고 결혼 생활과 유사한 결혼 밖의 삶 역시 그런 관계이긴 합니다만. 저는 행복을 찾고 있지 않습니다. 그것은 풍요와 돌의 신들을 숭배하는 시체나 미라가 좋아하는 무미건조한 음식이니까요. 저는 모든 유대에서 벗어난 것, 유대와 반대되는 것을 끈질기게 찾고 있어요. 저는 당신의 목소리에 이러한 힘이, 강력한 마법이 있다고 말할 수 있었을 거예요. 그러나 저는 말하지 않아요. 당신이 영원히 알지 못할 것은 아무것도 말하지 않습니다.

첫 번째 편지는 그 이후에 계속된 다른 많은 편지보다 차분했지만, 차가운 분노와 단단하고 원초적인 절망이 깔려 있었다.

우리는 자주 만났다. 그래도 서신 교환은 중단되지 않았다. 답장을 보낼 때면 때때로 내가 선택한 단어들이 어색하다고 느끼긴 했지만, 문제 될 것은 없었다. 당신은 늘 내가 쓰고 싶었던 말을 읽어냈으니까. 단어 밑의 단어들. 흑백의 생채기가 가득한 이 편지들은 우리를 휩쓸었던 광기, 몸짓으로 접힌 주름 속의 광기를 모사하지 않고 다른 방식으로 다른 것을 말했다. 편지는 너무나 관대해서 자신을 표현할 방법을 한껏 늘려주었고, 다채로운 어린 시절을 꽃다발로 만들어 주었다. 당신이나 내가 아니라 '우리'에게 머물러 기쁨을 주었던 사랑이 이 단어들의 진정한 저자였다. 아주 먼 곳에서 불어온 바람이 우리의 소식을 서로에게 전해주었다. 세상의 잔해는 우리가 떠났다는 사실을 증명했고, 시간이 두른 벽은 우리가 돌아올 수 없다는 사실을 똑똑히 알려주었다.

당신이 나를 만날 수 없었던 어느 일요일, 당신은 전화를 걸어 저녁 산책을 하면서 여기저기 흩어 놓은 편지 여섯 통이 도시 곳곳에서 나를 기다리고 있다고 말했다.

60

편지는 이 지역에서 가장 흔한 철새죠. 그러니 동상이나 벤치에 앉아 있다고 생각해도 별로 이상하진 않아요. 비둘기나 참새, 더 포괄적으로 말하면 빵이나 별 혹은 잠깐의 관심을 줄 누군가를 만날 수 있으리라는 희망에 광장을 배회하는 모든 존재도 마찬가지죠.

나는 어디를 찾아봐야 할지 알았다. 이 도시와 공장의 이전 통치자가 자신의 업적을 기리기 위해 여러 곳에 자기 동상을 세웠기 때문이다. 청동과 악으로 주조한, 사람과 물건에 대한 소유를 과시하는 동상.

편지를 찾으러 나선 길에 딸이 동행했다. 아이는 이 게임을 자연스럽고 당연한 것으로 받아들였고, 종이와 잉크로 된 야생화들, 이런 신비한 잡초들이 돌을 뚫고 나온 것에 놀라지 않았다. 당신이 제안했던 계획 덕에 나는 욕망의 장미를 든 채 곳곳을 누비며 이 도시를 발견할 수 있었다. 그 덕분에 이 도시는 살만한 곳이 되었고, 좌절된 여행의 꿈이나 마음의 응어리를 벗어나 이곳에 머무를 수 있었다.

다섯 통의 편지밖에 찾지 못했다. 여섯 번째 편지는 누가 훔쳐 간 게 분명했다. 편지들이 발산하는, 태양과 비밀의 수줍은 빛을 감지한 어린아이나 동심을 지닌 어느 행인이었을 것이다. 당신은 웃었다. 우리 눈에서 손으로 날아간 것, 이 통로 밖에서는 암호처럼 변해버리는 편지를 누가 읽을 수 있을까?

차갑고 공허한 눈을 지닌 한 무리의 동상들 앞에서 깨어나는 무지개……

어깨를 짓누르고 목을 태우는 고통. 배 속에 있는 집게가 갈비뼈를 부러뜨리고 폐를 뚫고 심장을 잡아당기려 수천 번 수만 번 끊임없이 시도한다. 당신의 부재라는 날 선 빛 속에 내 심장을 드러내기 위해서. 도랑의 진흙탕 속으로, 높다란 참나무 아래로, 갈색 양치식물 밑으로 내 심장을 던져버리기 위해서. 짐승들은 돌 아래, 서리와 얼음 아래, 세상의 재앙 아래 던져진 이 불을 두려워하며 외면할 것이다. 바라는 건 오로지 더는 먹지 않고 더는 잠들지 않는 것뿐. 대상도 없고 시간이나 장소와도 무관한 그저 순수한 희망. 희망.

V

우리는 드문드문 만났다. 당신이 잠깐씩 보여준 얼굴은 너무 비밀스러워서 가끔은 내가 당신을 만들어 낸 게 아닌가 하는 두려움이 들기도 했다. 나는 당신의 편지를 아무거나 집어서 읽곤 했다. 당신의 언어는 익명으로 반짝이는 눈(雪)의 결정 같았다. 정말 내게 쓴 글이었을까? 아니면 나를 스치며 메아리를 찾아 더 멀리 간 것일까?

당신의 글씨체도 처음에는 당혹스러웠다. 완벽하게 둥근 글자. 삶이 감히 건드릴 수 없을 것만 같은 이 둥근 고리들. 흰 페이지를 정갈하게 가로지르는 글자들. 뼈와 살을 가진 손으로 이 모든 걸 써 내려간다는 게 가능한 걸까? 당신의 문장은 무심한 모습을 띠고 있었다. 이동하는 즐거움과 하늘빛 여유로움의 기쁨을 더 크게 하려고 달빛이 드리운 연못에서 잠시 반으로 쪼개지는 구름처럼.

나는 당신이 내게 내밀었으나 처음에는 알아채지 못했던 욕망 속에서 나 자신을 보았다. 당신이 떠나며 내게 남긴 부드러움은 가시덤불로, 가시로, 바늘로 변했다. 내 얼굴에 올이 풀렸고, 입술은 뜯어져 한동안은 나를 전혀 꾸밀 수 없었다.

나는 당신의 편지를 숨어서 읽었다. 예전의 어린 소녀처럼. 두꺼운 붉은 이불 속으로 가라앉았던 소녀의 몸. 소녀의 두 눈과 그 안에서 타오르는 푸른 빛을 필요로 하던 눈부시게 하얀 페이지들, 그 책들 속으로 가라앉았던 소녀의 영혼. 책 속에서 그 안에 없는 것, 그 안에 있을 수 없는 것을 찾아 헤매던 소녀.

나는 읽고 쓰는 법을 배우는 것처럼 어떤 도움도 없이 당신에게 말하고 당신의 말을 듣는 법을 배워야 했다. 얼굴에는 당신의 것과 똑같이 강한 부드러움을, 눈과 입술에는 똑같이 은은한 빛을 띤 채로. 느릿느릿 흘러가는 사랑 속에서 나와 당신의 전화벨 소리는 불현듯 울리곤 했다.

욕망은 장소나 편지, 심지어 겉으로 드러난 모습에 있는 것이 아니었다. 욕망은 어디에나 존재했고, 보기만 하면 되는 가장 단순한 것들 속에 있었다. 이 끊임없는 명료함은 모든 것의 존재를 보장했지만, 명료함 자체는 무엇으로도 보장되지 않았다.

사랑은 내가 가장 좋아했던 하루의 첫 순간, 새벽이라고 불리는 지속되지 않는 시간에 대한 가슴 떨리는 증거를 가지고 있었다. 새벽. 달과 태양이 인장을 교환하는 시간. 억압과 냉혹함, 힘들이 부재하는, 부서지기 쉬운 은총의 순간. 말들이 갈기를 흔들고 발굽으로 땅을 두드려 별들을 휘청이게 하고, 검은 풀밭에 떨어진 별들이 이슬로 녹아내리는 시간. 밤이 겁을 먹고 도망치는 시간.

나는 또한 하루의 감미로운 마지막 순간을 음미했다. 밤의 도래를 알리기 위해 마음의 돌 밑으로 슬며시 들어오는 푸른 도마뱀을. 납과 수은의 깃털을 단 거대한 새가 도시 위에 내려앉아 자신의 날개 아래에서 꾸물거리며 지체하는 색채를 억누르고 거리에 남겨진 마지막 소음을 부리로 쪼아대는 순간을.

이처럼 단순한 신비 속에서, 아주 작은 것들에 관심을 가지는 순간들 속에서 나는 당신을 다시 찾을 수 있었다. 그런 이유로 당신이 없다고 해서 당신이 없는 건 아니었다. 당신은 내 안에서 돌아다녔고, 내 입술에 부딪혔다.

두 계절만이 존재했다. 나의 두려움을 내 피부 표면에 흩뿌려 태양의 수천 새싹으로 바꾸어 놓고, 당신의 손으로 나를 보듬어 꽃이 피어나게 하던 계절. 당신의 손가락은 우리 사이에 놓인 비밀스러운 거리, 그 두려움의 껍질을 부드럽게 벌려 낡은 몸 아래에 있던 새로운 몸을 가장 먼저 드러냈고, 그렇게 갓 태어난 몸은 내가 그 안에 거주하기를, 눈물과 생각 두 물질로 이루어진 이 새살을 완전히 내 것으로 만들기를 참을성 있게 기다렸다.

그리고 첫 번째 계절의 뒷면에 붙어 있는 또 하나의 계절. 당신으로 풍요로워졌던 내 몸은 그 계절 동안 당신이 하루빨리 돌아오길 꿈꾸며 내게 올 당신의 얼굴을 빚기 위해 대지와 밤 속의 광물로 비옥해진 기름진 땅에 뿌리내렸다.

나는 조금 미쳐가고 있었다. 유일하게 광기를 막을 수 있었던 광기로. 나는 세상으로 나가기 위해 걸쳐야 했던 장신구와 역할과 옷을 모두 잠시 벗어버렸다. 엄마. 아내. 딸. 내연녀. 정인. 자매. 말하는 사람. 듣는 사람. 이상한 여자와 이성적인 여자. 강과 강 주변의 땅. 나는 이제 당신의 언어로 불리는 사람일 뿐이었고, 당신의 언어처럼 무한했다. 벌거벗은 채 거울의 물속으로 들어가 몸을 담그고 얼굴을 수 그렸을 때 내게 다가온 것은 더 이상 이미지가 아니라 생(生)이었다. 여러 개의 생. 단 하나의 생.

내게는 이제 걱정도 계획도 없었다. 잊고 있던 질문들에 대한 답을 찾았고, 내 안에서 새로운 허기, 예측할 수 없는 행동, 놀라움을 발견했다.

꽃을 한 아름 샀다. 이름이 아름다운 꽃들. 장미, 제비꽃, 아네모네…… 신선한 물속에서 피어나는 단어들, 해야 할 말을 하기 위해 시간을 취하는 그 단어들이 좋았다.

마치 벽장 문을 열자마자 대충 쌓아 놓은 푸른색과 금색의 깨끗한 천들이 라벤더꽃이 되어 굴러떨어지듯, 수선화가 뿜어내는 빛이 팔을 타고 흘러내렸다.

나는 장미가 잠드는 모습을 지켜보았다. 장미 꽃잎들이 고장 난 시계의 초침처럼 들쭉날쭉 불규칙적으로 떨어졌다. 장미는 죽지 않고, 한참을 물끄러미 바라보던 내 안으로 들어왔다. 조그만 진홍색 영혼들이 내게 스며들어 다시 활짝 열리고 또 피어났다. 나는 그 영혼들이 가능한 한 많은 햇빛과 신선한 공기를 누리도록 모든 감각을 열어젖혔다.

우리 집은 곧 꽃다발로 가득 찼다. 존재들과 소문들과 꿈들이 이곳에서 교차하고 서로 배어들어 자신의 색을 주고받았다.

한겨울에 흰 라일락을 구하기 위해 터무니없이 많은 돈을 썼다. 나는 무엇보다 온실 밖에서 피어나는 꽃, 귀족 작위 같은 이름을 지닌 꽃을 좋아했다. 낮에 피는 메꽃(Belle-de-jour)과 밤에 피는 분꽃(Belle-de-nuit). 죽음을 초래하는 것과 죽음을 치유하는 것을 함께 품 안에 간직한 검은 옷을 입은 아름다운 여인, 벨라돈나(Belladone).

편지, 꽃, 전화. 나는 그것들을 모두 혼동했고 아치로 드리운 당신 목소리 아래에서 헤매고 다녔다. 당신의 경쾌한 말들은 그 어느 하나도 길을 벗어나지 않고 고스란히 내게로 다가왔다.

시간은 무성한 말과 줄어들기만 하는 몸짓의 불투명함에 불과했다. 욕망이 부여했던 우리의 진짜 얼굴은 부옇게 김 서린 거울을 닦고 난 후 드러나는 얼굴처럼 시간의 뒤편에서나 발견할 수 있었을 것이다……

당신에 대해 이야기하고 싶었다. 말을 가로채거나 보태거나 빼지 않고 들어줄 사람이 필요했다. 있는 그대로 받아주는 사람. 누가 그럴 수 있을까?

사람들을 만났다. 그들은 박제된 내 이미지에 미소를 지었다. 몇 년 전에 완성된 판에 박힌 이미지. 그들은 최종적으로 수정된 그 이미지를 넘어 나를 알고자 했다. 나는 더 이상 내 마음의 각도를 수정하고 끊임없이 변하는 편차와 구름에 맞추어 마음의 지각과 본능을 조정할 필요가 없었다. 당신은 프레임 속에, 시야 속에 등장하지 않았다. 당신이 그 안에 보이는 것은 불가능했다.

불행을 법으로, 슬픔을 미덕으로 만든 사람들. 무력함과 체념에 기반한 그들의 지식은 미숙했다.

나는 세상의 지성에 금세 지루해졌다. 언제나 같은 말만 되풀이하는 전쟁과 돈에 대한 쓸데없는 이야기들에서, 무엇보다 성찰은 없이 그런 일을 과장해서 떠드는 잡담에서 도망쳤다. 한 시대의 분위기가 제시하는 점선을 따라 사고를 오려내는 일. 영혼과 혀를 빠르게 고갈시키는 입에서 나오는 소음. 나는 웃거나 침묵했다. 진정한 언어는 사랑이라는 말 외에는 아무것도 없었다.

파리에 있는 여동생을 방문할 예정이었다. 그녀는 두 번의 이사, 두 번의 실직, 첫눈에 반한 두 번의 사랑을 겪으면서 계속되는 혼란 속에서 살고 있었다. 현명하게도, 그녀는 불가능한 사랑만을 선택했다. 더없이 격렬하고 애절한 사랑만을. 그들은 그녀가 새로운 파티, 더 풍부한 우울, 나이가 들지 않는 주류(酒類)처럼 강하고 눈부시게 아름다운 슬픔을 갈망하며 생기를 잃은 채 고집스레 살아가도록 내버려두었다.

동생은 그들과 관계가 끝난 후에도 여전히 남아 있던 빛에 대해 놀라워하며 그것에 대해 미친 듯이 생각했다. 그리고 그 빛이 가까운 시기에 새로운 열정이 일어날 징조임을, 심지어 자신도 모르는 사이에 열정이 이미 찾아온 것임을 깨달았다.

그래서 동생은 양초, 인형, 그림, 미니어처 등 매번 다른 아름다운 물건을 사러 달려가곤 했다. 그건 꿈만 같았던 애도 기간에 마침표를 찍기 위해서였고, 입가에 옅은 미소를 남겼던 결코 잊지 못할 이전의 달콤함을 표현하고 떠올리기 위해서였다. 가장 최근에 했던 사랑은 오르골에 온전히 담겨 있었다. 뚜껑을 열 때마다 흘러나오는 노래를 들으며 무엇을 고를지 오래 망설인 후 신중히 선택한, 채색된 나무 상자 속에 작은 매미가 잠들어 있는 오르골이었다.

그녀는 야간에 철학 수업을 들으며 5년 동안 똑같은 시험을 치렀다. 큰 도움도 되지 않았고 그녀를 어딘가로 이끌어 주지도 못할 수업이었지만, 이미 그 자체로도 충분했다.

동생은 나를 데리고 파리 시내를 돌아다녔다. 도시는 여러 자치구가 임의로 모여 있는 작은 마을의 매력과 마법을 갑작스레 펼쳐놓았다.

우리는 웃으며 오후를 보냈다. 가게 앞에 진열된 사과를 먹었고, 서점에서 서로에게 책 속의 구절들을 큰 소리로 읽어주고선 아무것도 사지 않고 다시 거리로 나왔다.

동생은 내 곁에 당신이 있다는 걸 알았다. 그녀는 섬세하고 다정해서 아무것도 묻지 않고도 내가 말하지 않은 이야기를 모두 들을 수 있었다. 우리는 팔짱을 끼고 대로를 걸었다. 흥분한 두 어린 소녀는 어깨에 힘을 주어 얹은 손과 시선을 통해 서로의 비밀을 교환했다. 부모, 남편들, 친구들, 학교 선생님들의 불안한 염려와 그들이 하는 말에서 멀리 떨어져서.

파리에서 며칠을 보내면서 나는 조금 안정이 되었다. 당신의 부재로 인해 팔다리를 짓누르던 피로도 한결 나아졌다. 우리의 만남에는 얼마나 많은 장애물이 있었던가……나는 사람들의 방문을 견디고 기분을 전환하고 침묵을 지켜야 했다.

나를 에워싼 꽃들을 시시때때로 쳐다보았다. 내 곁에 꽃 외의 다른 것이 있으면 도저히 참을 수가 없었다. 예전에 나이 든 여성들이 평범한 일상을 살아가기 위한 비법과 행동과 기다림에 대한 지식을 전수했던 것처럼 꽃은 내게 인내심을 가르쳐 주었다. 나는 봄을 기다렸다. 첫 번째 꽃들이 죽음의 덧문을 거세게 밀고 서리가 내려 하얘진 벽에 달라붙어 하늘의 투명한 창문 주변으로 기어 올라가는 계절을.

새들이 따뜻한 나무의 핏속에 빠져들러 돌아올 때. 사과나무가 초록 그림자의 앞치마를 새들 앞에 펼칠 때. 아름다운 날들이 이어져 우리가 더 자주 만나게 되면 우리는 햇살에 반짝이는 나뭇잎과 갈대 침대와 별의 초롱이 갖추어진 고요한 유리방에서 서로를 마음껏 누릴 수 있을 것이었다.

나는 아무도 만나지 않았던 비어 있는 시간까지도 좋아했다. 당신의 부재로 인해 오므린 손바닥처럼 푹 패어 있던 시간. 조바심 내지 않고 그 덧없는 시간을 보낼 수 있었던 것은 탁자 위의 매혹적인 주홍색 과일, 어느 한순간 창백해지는 하늘의 낯빛, 태양이 크리스털 잔을 손톱으로 톡톡 치며 연주하는 은은한 음색 덕분이었다.

나는 다정함과 잔인함이 욕망의 이면에 서로 달라붙어 있다는 사실을 깨달았다. 존재는 부재로 인해 성장했기에 부재를 피할 수는 없었다. 탄생은 죽음만큼이나 고통스러운 일이었다. 때로는 나아가는 일이 포기나 멀어짐보다 더 큰 상처를 줄 수도 있다.

현기증 나는 가파른 계단이 바다 밑바닥으로, 사랑의 맨 밑바닥으로 나를 이끈다. 내 피로 축축해지고 내 꿈으로 듬성듬성 파인 계단들.

심해의 약혼자들은 무엇을 꿈꾸는가, 죽은 태양의 어느 빛 아래에서 어떤 이룰 수 없는 평화를 꿈꾸고 있는가?

침대가 딱딱하다. 이유를 알려고 눈을 떴다. 사다리가 보였다. 땅에서 하늘까지 이어진 사다리 하나. 올라가려 해도 그럴 수 없다. 사다리의 아래쪽 가로막대들이 내 살에 박혀 있다. 그것들이 나를 먼저 침대에, 그리고 바닥에, 그다음엔 땅 밑의 사슴들에 고정시켜 움직이지 못하게 했다. 돌에 새겨진, 화석이 된 사슴들.

그들은 수 세기 동안 달려왔다.

수 세기 동안.

꼼짝도 하지 않은 채.

VI

이 도시에는 중심이 없었다. 회색 도로가 도시를 끝도 없이 찢었고, 이웃들의 음악에는 전혀 관심을 두지 않은 채 자신을 위해, 자신의 이득을 위해 고동치는 수많은 심장의 수만큼 구역별로 잘게 나눠놓았다. 결코 단 하나의 별을 이루지 못할 수많은 갈래들.

형체도 뼈대도 없는 몸이 강 양안의 섬으로 갈라지고 수많은 골목으로, 동맥과 정맥으로 잘게 부수어졌다.

이 도시의 영혼은 중심지가 아닌, 한 지역에서 다른 지역으로 이동할 때 건너야 했던 우연히 마주친 다리와 도로, 황량한 장소에서 엿볼 수 있었다. 공장은 잿더미와 기계 소리, 도르래 소리, 기중기 소리를 실어 나르는 두 번째 강 같았다.

어디나 넘쳐나는 공원과 광장, 나무와 나뭇잎들을 보고도 이제는 더 이상 놀라지 않았다. 공원이나 광장에 인위적인 건축 구조물이 없는 덕분에 도시는 자연이 성장하는 데

큰 방해가 되지 않았다. 가을은 다른 어떤 계절보다 훨씬 일찍 거리에 파고들어 창문과 벽을 황토색과 갈색으로 물들였다. 남루한 태양의 빛살이 떼로 몰려다니며 행인들에게 폭리를 취하고 미소를 갈취하고 스카프에서 황금빛을, 시선들 속에서 멜랑콜리를 강탈했다.

공장 지붕을 군데군데 뒤덮은 녹, 잡초가 무성한 선로 위에 수년 동안 멈춰 선 열차, 조각상을 둘러싼 철책, 이 도시에서 땀처럼 흘러나오는 녹의 색깔은 불길 없이 타오르는 오디나무 잎의 색과 뒤섞였다.

언제나 비밀스럽게 존재해 왔던 시골에 산업, 노동, 분주한 일상이 무작정 접목되었는데, 도로변마다 늘어선 밤나무와 피나무는 그런 일의 선봉에 지나지 않았다.

특히 잠이 오지 않거나 문득문득 당신 얼굴이 떠오르지 않아서 산책하러 나가던 밤에는 그 사실을 더 명백히 알 수 있었다. 나는 이 집을 떠났다가 조용히 돌아오곤 했다. 비록 한두 시간에 지나지 않았지만, 아무도, 당신조차도 그 사실을 알지 못했기에 진짜 여행이나 마찬가지였다.

가로등의 주황색 불빛은 다양한 어둠 속에서 나름의 질서를 갖추고 있었다. 도시의 밤은 밤을 넘어서 모든 활동이 일시적으로 멈춘 상태 그 이상이었다. 또 다른 도시의 돌과 아스팔트에는 처음 도로를 만들 때 갈래길들의 여지를 남겨놓은 상태였다. 한 번도 만난 적 없는 고요한 거리. 어느 빛에 충성을 다할지 갈피를 못 잡는 그림자. 비 맞는 건물.

나는 이미 죽어버린 도시를 걷고 있었다. 보도에 울리는 내 발소리가 마치 까마득히 먼 곳에서 들려오는 듯했다. 걸으면서 집들을 지나쳐 갔다. 공기도 별도 없는 허공 속에서 산탄을 퍼붓는 잠의 폭격이 시작됐다. 벽은 손상되지 않아도 그곳에 사는 사람들은 속절없이 쓰러졌다.

영혼들이 찢어진 꿈의 틈새로 빠져나와 거리와 강 위를 거닐며 곧 시작될 새날을 무사히 살아가는 데 필요한 평온함과 새로운 힘을 얻었다. 새벽녘에 돌아온 영혼들은 그들이 나갔다 온 줄도 모른 채 잠에서 깨어난 육체와 다시 하나가 되었다. 가끔 어떤 영혼은 시간을 잊고서 탈출의 순간을 지나치게 즐기기도 했다. 어딘가에서 죽었을 누군가는 너무 광활해서 우리가 찾을 수 없는 꿈속으로 들어간 건지도 몰랐다.

당신의 부재도 똑같았다. 일시적인 작은 죽음들. 내 욕망은 그 틈을 비집고 잠든 마음에서 빠져나와 열기가 이끄는 대로 따라가듯 경계가 무너진 풍경 속으로 방랑을 떠나곤 했다.

그런 불면의 시간에는 꽃들도 도움이 되지 않았다. 버림받은 잠시의 시간으로부터 스스로를 보호하기 위해서 꽃들은 진한 향기로 밤을 취하게 하고 빛의 씨앗을 나선으로 감싸안은 채 문을 걸어 잠갔다.

불안이 엄습하고 모든 게 불확실해 보일 때, 그리고 비나 추위로 외출할 수 없을 때면 자리에서 일어나 다른 방으로 가서는 책상 귀퉁이에 놓인 램프의 둥근 유백색 불빛 아래에서 당신의 편지 한 통을 펼쳤다.

가끔은 한밤중에 베이커리 재료를 준비하고 오븐에 구우면서 정신을 팔기도 했다. 별다른 이유는 없었다. 다만 이 지극히 평범한 행동들이 두려움으로부터 나를 해방시키고 쓸쓸함을 피할 수 있게 해줬다. 그러나 그때마저도 내 손이 부르는 것은 여전히 당신이었다. 밀가루, 설탕, 달걀, 우유의 다채로운 흰색에 푹 빠져서 그 구름을 들어 올릴 때도 내 손이 원하는 것은 여전히 당신의 부드러움이었다.

잘 구워진 황금색 빵. 다음날 딸에게 건네준 부드러운 부재. 나는 책 읽는 사람을 지켜보듯, 부재의 죄를 저지른 누군가를 현행범으로 체포하듯, 아이가 빵 먹는 모습을 지켜보았다.

지난밤을 떠올렸다. 그 밤에 나는 괴로워했고 웃었다. 내 입술을 바싹 마르게 하면서도 외부에서 오는 모든 침해로부터 나를 보호해 준 당신의 부재라는 이 작열감. 그것을 당신에게 어떻게 설명할 수 있을까? 정말 아이러니하게도 우리는 같이 살지 않았지만 함께 있었다……

당신에게 말할 수 없는 것들이 무수히 많았다. 너무 붉어서, 내 안에 깊이 묻혀 있어서, 내가 최초의 말이나 최초의 침묵을 차지하지 못했던 다른 것들과 긴밀히 연결되어 있어서 말할 수 없는 것들이.

채우지 못한 사랑으로 더욱 깊어진 고독. 가장 극단적인 고독. 사랑. 당신의 얼굴. 나는 별의 차가움과 돌의 고요함으로 굳어버려 말할 수 없게 된 이 도시를 걸으며 이 모두를, 그리고 그 이상을 생각했다.

나는 침묵으로 들어갔다. 매일의 낮과 밤이 지날수록 말수가 점점 더 줄어들었다. 나는 그 사실을 알았지만 주변 사람들과 더욱 멀어지게 하는 언어의 나약함에 만족하며 그저 은밀한 기쁨을 누리는 것 외에는 할 수 있는 것이 없었다. 사람들이 나를 찾고 전화하고 짜증을 내기 시작했다.

옛일이 떠올랐다. 20년 전, 이와 같은 단절을 알리고 예고했던 어린 시절의 치기 어린 행동들. 하루 종일 실종된 어린 딸. 금지옥엽 키운 어린 딸이 사라져, 온 집을 들쑤시며 찾아 헤매던 나의 어머니. 누구도 묻지 않았던 질문에 반짝이는 눈으로 답했던 아이, 그 보물을 잃고 어찌할 바 모르던 그녀의 삶.

나는 꾸준히 가출을 감행했다. 무엇보다 사람들이 나를 보지 않는 것이, 식물이 자라는 데 도움을 주는 곧게 뻗은 지지대처럼 똑바로 바라보는 그들의 시선으로부터 벗어나는 것이 중요했다. 신조차도 나를 볼 수 없도록. 나는 그런 일을 썩 잘 해냈다. 반면, 순수함이나 방학 숙제, 여성으로서의 매력을 비롯해 다른 모든 면에서 뒤처지고 있었다. 언젠가 나는 사람들 눈에 더욱 보이지 않고 내가 있는지조차 모르도록 결혼하게 될 것이었다.

그전까지 사람들은 나에 대해 뭘 어떻게 할 수 있었을

까? 나는 채워져야 하는 공백이었다. 채워지기만 한다면 그게 무엇이 됐든 중요하지 않았다. 그러나 어떤 제안에도 옅은 미소만 띠며 거절하기 일쑤였던 나를 사람들은 어리석다고 판단했다. 용납할 만한 일이 아니었다. 여러 종류의 개인 교습이 시작되었고, 모든 걸 설명해 줄 나의 숨겨진 재능을 찾기 위한 불안한 탐색이 이어졌다. 나는 피아노와 그림을 배우기 위해 어느 노부인의 집으로 이끌려 갔다.

노부인은 무척이나 친절했는데, 내게 아무것도 가르치지 않았다. 그녀는 내가 피아노로 연주하는 첫 음을 어렴풋이 듣고는 잠이 들었고, 두 시간 동안 아파트 안에 나를 홀로 내버려두었다. 집 안에는 고양이들, 구름처럼 푹신한 안락의자, 마호가니 상자와 초콜릿 상자 그리고 영국 담뱃갑들로 복잡한 낮은 탁자가 들어차 있었다.

피아노 위쪽 벽에는 군인 사진이 한 장 붙어 있었다. 노부인은 다정했던 남편 이야기를 반복해서 들려주곤 했다. 부부는 남편이 전선으로 떠나기 전에 이 사진을 찍고 인화할 수 있을 만큼의 시간인 단 일주일만 함께 살았다. 1915년 3월 어느 저녁, 녹아내린 작은 주석 병정……

이런 풍경 앞에서 시간은 더디 흘렀다. 죽기 직전인 몇 초의 순간들이 내 머릿속을 날아다니다가 피아노 뚜껑 위로, 얼어붙은 검은 거울 위로 하나씩 떨어졌다.

나는 자주 꿈을 꾸었다. 그때마다 꿈에서 동요를 하나씩 가져와, 도적 떼와 숲과 번개가 나오는 흥미진진한 이야기대신에 여동생에게 불러주었다.

나는 이 노래들을 여행 기념품으로, 내게 아무것도 요구하지 않았던 그 시간의 추억으로 가져왔다.

달이 낳은 아이들은
똑바로 설 수 없지
아이들은 새해 첫날
무릎을 다쳐 죽지

수업은 6개월 이상 계속되었다. 어머니는 이런 수업이 쓸모없다는 것을 깨닫고 내 게으름을 탓하며 수업을 철회했다. 나는 선생님의 낮잠에 대해 어머니에게 말하지 않았다. 그러다가 선생님을 다시 보러 갔는데, 그녀는 여느 때처럼 잠들어 있었고 나는 여전히 더 많은 꿈을 꾸었다.

당신을 보기 위해서, 부재의 노트를 한 장 한 장 검게 칠하여 당신의 이미지와 초상으로 뒤덮기 위해서, 이 도시에서, 겨울에, 밤에, 당신을 보지 못했던 시간 속 어디에서나 내가 쫓았던 꿈들.

나는 단어의 암실에서 당신을 찾으려고 세상에 대해서 눈을 감았다. 빛의 두루마기를 펼쳐 일상의 언어와는 판이한 언어로 기록된 고통을 해독했다. 내가 꼭 끌어안은 기도서들. 책 안의 채색 삽화 하나하나는 현기증으로 정신이 혼미해져 힘을 잃은 비명이자 부르짖음이었다.

나는 읽는 이유를 전혀 알지 못했다. 자신에 대해 말하는 이야기들은 지루했고 뒷맛도 씁쓸했다. 마치 그림자를 입에 넣어 오물거리고 자갈을 와작와작 씹어 먹고 한밤중에 검은색을 바라보는 것 같았다.

내가 선택한 것은 강 둔덕 부두 옆에 좌초된 고서적상의 작은 배 깊숙한 곳에서 색이 바래져 가는 오래된 책들이었다. 그것들은 서가의 상단으로 추방되어 방치되고 있었다.

누렇게 변하고 얼룩덜룩해진 표지를 들여다보았고, 불명확한 제목이 주는 매력에 빠져들었다. 정작 책 내용에 실망하는 경우가 종종 있었지만 그건 별로 중요한 문제가 아니었다.

나는 책을 펼치고 어느 한 장의 첫 문장을 읽었다. 한 문장, 때로는 한 단어로도 충분했다.

책 속에서 당신을 본 적은 한 번도 없었다. 책 속에 있는 모든 말에는 사랑이라는 한 단어가 결여되어 있었으므로. 목 안에 갇혀 있던 괴로움이 사람들을 말하게 만들었지만, 그런 말들은 아무것도 말하지 않았다. 아무것도.

여백 속에서, 침묵하는 흰 종이 속에서 길가의 들풀을 찾았다. 예상치 못했는데 피어난 야생의 꽃. 아무도 씨를 뿌리지 않았으나 피어난 꽃……

나는 내 고통을 꿰뚫는 그 길고 구체적인 말을 이중 바닥의 두꺼운 침묵 속에 집어넣고, 아름다운 나방을 하나하나 수집하듯 핀으로 찔러 정리해 두었다.

도시로 나가기 위해 기다렸다. 거리의 소음이 찢어진 포스터와 부스러기로 남은 대화와 먼지가 된 웃음과 함께 바람에 쓸려 사라질 때까지. 램프의 퇴색한 황금빛과 벨벳 커튼, 금박 입힌 장서의 광채가 더는 어느 창문에서도 잔잔한 불길로 타오르지 않을 때까지. 시간 감각을 잃어버린 채 수정 구슬이나 글을 응시하며 다른 이보다 훨씬 늦게까지 깨어 있는 사람들이 사는 집에도 어둠이 찾아들 때까지.

죽음이 도시의 장벽을 넘어서고, 집집마다 문을 두드리고, 아이들 눈에는 모래를, 부모의 심장에는 소금을 한 움큼 던지며 잠과 망각의 빚을 갚으라고 요구하러 오는 시각에.

그 시간이 되면 집을 나가 걷기 시작했다.

온전한 적막 속에서 당신에게 말을 건넸다.

시간의 열쇠가 내 살 속, 미지근한 붉은 핏속에서 돌아간다. 머릿속에서 열쇠가 삐걱댄다. 부러지고 깨질 때까지, 나를 부서뜨릴 때까지. 페인트칠한 창문과 뼈로 만든 문과 책의 페이지는 누구 앞에서 열리는가? 언제 어느 누가 와서 어느 방문자 앞에 사랑을 전해주고 죽음에서, 죽음의 거짓말에서, 죽음의 거짓말에서 그를 자유롭게 하겠는가?

사랑이라는 불멸의 고통. 조각가의 끌질로도 파편 하나 날리지 않는 검은 대리석의 키스. 영혼의 대장장이가 망치로 두드려 불로 정화한 순백의 장미.

고통, 유일한 사랑.

내 입술에서 가슴으로 토사물이 흐른다. 내 양분이자 나를 질식시켰던 검고 기름진 우유를 쏟아낸다. 내 장기는 연기 나는 천처럼, 진홍색 엽신(葉身)처럼 혼자 뒤집히고 저절로 오그라든다. 신경의 격통은 헛된 휴식을 향해 뻗어가고, 근육과 내장의 풀리지 않는 긴장은 지금, 그리고 어제의 내 욕망과 가장 닮았다.

내 몸이 더는 존재하지 않을 때

내게 남을 육신은 바로 당신이다.

VII

　나는 당신의 집, 당신이 굳이 설명하지 않은 그 호텔 방에 가본 적이 없었다. 다만 청소부들도 들어가기를 포기할 정도로 책이 너무 많이 쌓여 있어 어수선하다는 사실만 알고 있었다. 호텔 직원들은 느지막이 일어나 아무도 들이지 않고 태양이 창문에 순금 자갈을 던지는 화창한 날에도 하루 종일 나가지 않으며 신도 알 수 없는 일을 하는 이 특이한 손님에게 마침내 익숙해졌다.

　처음에는 당신이 하는 일을 둘러싼 침묵이 사람들에게 호기심을 일으켜 상상의 나래를 펼치게 만들었다. 당신은 무언의 질문을 하는 상대를 내버려두었다. 안심하고 싶어 하는 그들의 욕구에도 전혀 부응하지 않으면서 사람들이 말을 걸어도 모두 무시했다. 그러나 월세는 꼬박꼬박 납부하여 그들의 걱정을 덜어주었다. 사람들은 당신이 중요한 일을 하고 있으며 언젠가 읽기 어려운 잡지에 게재될 연구처럼 보람은 없어도 중요한 일을 하고 있다고 믿었다. 당신의 금욕적인 침묵과 변함없는 고독, 그리고 우박이 쏟아지는 듯한 타자기 소리는 그들의 짐작을 확고히 해주었다.

당신은 바깥출입을 삼간 채 호텔에서 일주일도 지낼 수 있었다. 점심은 건너뛰고 저녁을 먹을 때만 지나치게 넓고 조명이 많은 대형 홀로 내려왔다.

나는 당신의 삶을 상상하지 못했다. 당신이 거주했던 어둠, 매번 만나고 난 후 당신이 다시 떠났던 이 어둠이 조금은 두려웠다. 당신의 몸과 느린 몸짓과 주저하는 목소리에는 미완의 사랑이 당신도 모르는 사이에 남아 있었다. 연인들이 부지불식간에 서로 빌리고 훔치는 표정과 억양으로. 당신은 내게 당신이 사랑했던 여인에 대해 이야기했다.

프랑스어가 서툴러서 당신의 마음을 사로잡았던 외국인 여성. 그녀의 서투름은 아주 평범한 문장을 말할 때도 예기치 못한 음악과 즐거움을 주었다. 그녀는 고국으로 돌아갈 때 당신의 마음을 짐에 담아 집으로 가져갔다. 그 후부터 당신은 시제와 화음을 뒤섞었고, 더는 원칙대로, 배운 대로 삶을 표현할 수 없게 되었다.

하루는 그녀가 내 옆에 있었어요. 다른 날에는 사라졌고요. 두 날이 이어진 건 아니에요. 그 사이에는 여러 계절과 몇 년의 시간이 있었죠. 두 날은 연결될 수도 없었고, 서로를 이끌어 낼 수도 없었어요. 서로 다른 두 개의 시간이었던 것 같아요…… 나는 한 날에서 또 다른 날로 전환되는 것을 느끼지 못했죠. 아마도 아주 미미하고 눈에 보이지 않아서 그랬을 거예요.

　당신에겐 사랑과 미래를 위한 힘이 남아 있었으나 그 힘으로 무엇을 어찌해야 할지 몰라 혼란스럽기만 했다. 무엇보다 당신에게는 그녀가 소중히 여기다가 잊어버리고 두고 간 오렌지 나무가 있었다. 아무리 작은 나무라 할지라도 집이나 기억 속에서는 터무니없이 많은 공간을 차지할 수도 있다. 일주일이 지나자 오렌지 나무의 뿌리가 점점 자라나서 온 방으로 침투했다. 뿌리에 부딪히거나 눈에 상처를 입지 않고는 한 발짝도 내디딜 수 없었다.

　당신은 나무를 신문지에 싸서는 그녀에게 가져다주려고 무작정 기차를 탔다. 세관에 도착하고 나서야 그녀의 주소도 성도 모른다는 사실과 이런 노력이 헛수고였음을 깨달았다. 당신은 오렌지 나무를 들고 다시 돌아왔다. 지금 그나무는 당신이 머무는 호텔 방에서 꽃을 피우고 있다.

　오랜 시간이 지나고 나서야 이 작은 나무에 대한 그녀의 애착을 이해하게 됐어요. 이번에는 내가 이 나무를 자주 보게 된 다음이었죠. 나무가 매력적인 건 비 온 뒤 초원처럼 강렬하고 과장된 초록 잎사귀들의 솔직함이나 장난기 넘치는 작은 열매 때문이 아니라 사려 깊고 편안하게 최상의 빛을 모으는 능력 때문이에요. 가지 사이로 비

친 햇빛이 깔끔한 모양으로 잘리는 데다가 그림자조차 선
명하고 정확해서 정말 매력적이거든요. 싱그러움과 단순
한 힘은 연민과 친근한 관심만 불러일으킬 뿐이죠. 오렌지
나무를 보고 있으면 왠지 진정되는 기분이 들어요. 나뭇
잎들에서 은은하게 우려낸 영혼의 음악을 듣는 것 같달까
요……

　오렌지 나무는 당신에게 과일 외에도 이야기를 주었다.
산만한 한 남자가 한참을 공상에 빠져 걷다가 오렌지를 밟
고 미끄러져서 넘어진 이야기. 그는 자신이 걸었던 길을 되
돌아보고 계속 똑같은 길만 빙빙 돌고 있었다는 것을 깨달
았고, 그제야 자신의 새로운 상황을 이해했다. 팔을 들어 올
리면 평소와는 다른 색과 부드러움을 가진 하늘을 만질 수
있었다. 그는 시장 소리와 아이들의 웃음소리를 들은 것 같
았다. 그가 놀란 건 단 몇 분에 지나지 않았고, 그는 다시 새
로운 꿈에 빠져 더는 의문을 품지 않고 계속 걸음을 옮겼다.
　당신은 내게 이 이야기를 위해 선택한 삽화를 보여주었
다. 독자가 더욱 자유롭게 상상할 수 있도록 그린 삽화였다.
그림에는 미니어처 자전거가 기대고 있는 거대한 오렌지가
있는데, 사람들은 조금도 주의를 기울이지 않고 지나치고
있었다. 책의 각 페이지는 추락을 이야기하고 있었다. 잉크
통에 빠지거나 사과 속으로 떨어지거나 커피 그라인더 속
에 빠지는 이야기들.

나는 나무로 탈바꿈한 고통, 부드러우면서도 견고한 우화와 꿈의 형상을 나무에 입히기 위해 당신이 다시 거둬들인 과거를 사랑했다. 마법의 울타리는 닫혀 있지 않았고 아무것도 가두지 않았다.

그 오렌지 나무…… 그녀가 나무를 얼마나 많이 보았는지 잎과 열매에는 그녀의 일부가 배어 있었어요. 가끔 내 눈에 띄기도 하더군요. 반짝이는 미소, 원피스의 얼룩 같은 사소한 것들이 말이죠. 그녀가 했던 몸짓들은 아마 자기도 완전히 인식하지 못했을 거예요. 그래도 그런 몸짓이 나무에 송두리째 전달되었을 테죠…… 나는 그런 이미지를 다룰 수가 없어요. 그 이미지는 내 뜻대로 오는 게 아니라 그들이 원하는 대로 오니까요…… 그건 기억이나 생각 그 이상이에요. 그런 순간이면 그녀의 부재에는 밀도와 무게와 풍미가 실리게 돼요. 마치 미완성된 말처럼 말이에요. 나머지를 짐작하고 그것을 말할 수 있도록 또는 실감할 수 있도록 내가 충분히 들을 때까지 계속 찾아오는 그런……

내가 생각하기에, 그래요. 나는 사랑을 멈출 수 없고, 어쩌면 자기 자신에게조차 말할 수 없는 끝없는 이야기, 그게 사랑인 건지도 모르겠어요. 이야기를 이루는 단어들은 하나같이 뒤처져 오고, 더는 서로 대화하지 않는 이들의 침묵 속에서 이야기는 계속되니까요…… 나는 읽을수록 백지가 되어가는 책을, 독자들이 결코 끝에 다다르지 못할 텍스트를 상상합니다……

당신은 당신의 삶을 각 방이 상처나 기쁨에 해당하는 거대한 집 안에서처럼 나아갔다. 방들 사이를 이동할 때마다 당신은 문을 닫지 않았고, 무엇도 정리하거나 버리지도 않았다.

때때로 당신은 당신에게 말하고 있는 사람들의 이름을 아스라이 잊기도 했고, 대화나 몸짓을 갑작스레 멈추기도 했다. 아주 먼 곳에서 시작된 여행으로부터 마침내 당신에게 도착한 어느 이미지, 죽음에 대한 욕망이 불현듯 당신의 마음을 스쳤기 때문이리라.

꽤 오랫동안 당신은 사멸한 별의 빛과 그 별이 비추는 것, 당신을 마비시킨 차가운 열기에 촉각을 곤두세우며 그 욕망에만 귀를 기울였다.

어떤 날은 지치기도 했어요. 공허했고 시작도 하기 전에 진이 빠졌죠. 아침부터 저녁까지 이어지는 길고 긴 길, 색채와 소음의 무심한 변화 외에는 어떤 일도 일어나지 않았죠. 그건 지루함도 아니었어요…… 고통도 아니었고요…… 다른 사람들처럼 이 공허함을 되는대로 채우는 데는 관심이 없어요. 일이나 말 또는 의무라든지, 그 어떤 것으로도요. 더구나 그 방법도 모르고……

당신은 매 순간을 당신이 만들어 낸 시간 속에서 살았다. 완벽하게 둥근 오렌지, 수수한 구름, 소란한 주전자, 태양의 무대 위에서 펼쳐지는 꽃가루 먼지의 춤. 아주 적은 것만으로도 행복한 명상에 양분을 주기에는 충분했다. 은은한 색채와 덧없는 열정, 생각의 렌즈를 끼고 봐도 파악하기 힘든 너무 가느다란 연결고리와 이성의 두 집게로 잡기에는 극히 미묘한 문제들을 드러내기 위해 당신이 필요로 하는 것은 거의 없었다.

당신처럼 나도 길 어귀, 샛길, 갈림길, 나들목을 좋아했다. 마치 필체와 잉크 색깔만 바뀌었을 뿐 같은 메시지를 담고 있으리라고는 전혀 짐작하지 못한, 봉인된 채 죽어 있는 편지 두 통처럼 감각과 지성이 분리되지 않은 것들은 모두 좋았다. 행복하고 위험한 감각은 그 안에 생각의 씨앗을 품고 있었다. 꽃들도 내 눈과 영혼을 진홍빛으로 떨게 만들며 내게 알려주었다. 눈꺼풀 위에 내려앉은 빛과 손에 쥔 침묵의 본질에 지나지 않는, 우리가 함께 영혼이라고 불렀던 것에 대해서……

당신은 원고를 쓰기 시작했다. 나는 당신의 어깨 너머로 그 원고를 읽었다. 소설도, 산문도, 노래도 아니었던. 당신의 글은 그 모두를 아우르는 동시에 그 이상이었다.

나는 당신의 글 속에서 우리가 교환했던 편지의 단편과 우리 둘의 음악에서 빠져나와 방랑하는 음표를 발견했다.

음표는 한데 모여 새로운 곡을, 그저 우리를 통과할 뿐 더는 우리의 것이 아닌 이야기를 만들었다. 서늘한 물처럼 고요한 침묵 속에서 들리는 나직한 속삭임…… 한 통의 편지가 단어를 한 아름 담은 꽃다발의 탄생을 알려주었다.

　자정을 넘어 새벽 1시쯤 된 듯싶습니다. 지금 이 호텔에서 깨어 있는 건 나와 오렌지 나무뿐이에요. 저녁이 되면 더 밝고 생생하게 빛나는 오렌지 나무 잎사귀를 잠시 바라보며 당신 생각을 했어요. 이 나무의 가장 큰 매력은 이렇게 당신 소식을 전해주는 것입니다.

　원고의 도입부를 몇 페이지 썼어요. 어떤 식으로 전개될지, 어디로 갈지 저도 알지 못하는 이야기이죠. 그건 저한테 달린 게 아니에요. 그걸 결정하는 사람은 그 속에서 말하고 이야기하는 한 여자입니다. 그녀의 이름은 마리아이지만, 마리아는 이름이 아니에요. 말하는 방식이자 수천 가지의 삶과 죽음의 방식이지요. 여기서 필요한 건 오로지 비명과 흠집 난 영혼, 안뜨기로 짠 니트와 겉뜨기로 떠서 만든 죽음뿐입니다.

　그녀 이름은 마리아. 그녀들은 그렇게 여럿이며 여럿이 하나가 되고, 같은 드레스를 입듯 같은 이름을 걸칩니다. 오래전 초겨울의 일요일마다 예배에 참석하기 위해 입던 순백의 아름다운 드레스 말이에요.

　그녀는 첫 페이지의 첫 문장에 그렇게 도착했습니다.

그 드레스를 입고 그 이름을 가지고 도착했지요. 왜인지는 모르겠습니다. 저는 그 이름이 들어간 전설을, 목자들을 위한 이야기를 떠올립니다. 유향, 황금, 몰약, 동방박사, 별의 모래시계, 출애굽 등 수많은 일화가 가득한 이야기. 마리아라고 불리는 사람은 빛을 출산합니다. 그 이야기는 가장 작은 부분이고 이후의 죽음은 또 다른 이야기이자 여전히 같은 이야기지요.

그녀는 삶 속에서, 도시에서, 어느 소도시에서, 책이 아닌 책 속에서 거닙니다. 그녀가 말하기 시작할 때 그녀는 이미 떠나버려 더는 그곳에 없습니다. 어느새 멀리, 아주 먼 곳에 가 있지요. 나는 그녀의 말을 들을 수 있으나 볼 수는 없습니다. 물의 속삭임을 듣고 청량감을 느낄 때만 겨우 존재를 짐작할 뿐, 너무 투명해서 보이지 않는 샘처럼 말이에요.

그녀 이름은 마리아입니다. 무척이나 소박한 이름이지요. 노래나 푸른빛 작은 태양, 여름 물속에서 나누는 빛처럼 들립니다. 마리아. 얼마나 사랑스러운 이름인가요. 마녀의 꽃에 이 이름을 붙일 수도 있을 것 같습니다. 마음에 바르고 차로 우려서 마시면 모든 질병을 치유하고 슬픔을 달래주는 그런 꽃의 이름으로요. 보리수꽃, 마편초, 민트, 마리아……

그녀의 이름은 마리아입니다. 그냥 이름이 아닌 파란색의 이름이지요. 갓 태어난 아기의 눈에 들어 있는 파란색, 세상의 처음 색이자 오랫동안 유일한 색채였던 파란색, 단순한 색이 아닌, 모든 색의 피인 파란색, 우리의 혈관에서 고동치고 땅 밑에서 흐르는 파란색.

그녀는 스스럼없이 이 종이 위로 와, 조금씩 거닐고 조금씩 죽어가며 힘들어합니다. 그녀가 그다지도 격렬하게 또 감미롭게 이야기하는 상대는 누구일까요?

자, 이게 전부입니다. 제가 쓰게 될 글과 배우게 될 것은 앞으로 차차 알려드리지요.

내일 당신을 볼 수 있을까요? 이제, 그만 말해야겠어요, 하고 싶은 말이 어쩌나 많은지요. 당신이 내 앞에 있어야만 무슨 말을 할지 알 수 있을 거예요. 당신에게 깊은 키스를 보냅니다.

오렌지 나무가 추위나 기차 여행을 두려워하지 않고 어디에서나 침착하게 꽃을 피운 것처럼, 우리는 어떤 배경이나 장소를 지나치게 신경 쓰지 않고 만남을 위한 장소를 단번에 선택했다.

우리는 만남의 기회를 눈먼 신의 자비에 맡겼다. 어느 날 당신은 가구가 딸린 이 방을 빌렸다. 창밖의 마로니에 나무 풍경 — 창밖으로 몸을 기울이면 첫 잎사귀가 닿을 것도 같았던 — 때문이었다. 우리가 이곳에서 며칠 밤을 보낸 것도 아마 같은 이유에서였을 것이다. 한 번은 이틀 연속으로 머물기도 했다. 나는 여기서 책을 읽고 이곳에 드리운 고요함을 누리기 위해, 아니면 아무런 이유도 없이 혼자 이곳에 와서 시간을 보내곤 했다.

우리는 만나는 장소에 개의치 않았다. 벽도 문도 없는 우리의 집은 어디에든 있었다. 입술처럼 반쯤 열린 창문만 있는 집들. 당신이 두 팔로 열어젖힌 공간에는 없는 게 없었다. 사랑은 마음속에서 울리는 발소리로 도착을 알리며 부랑아처럼, 거지와 왕자처럼 그곳으로 찾아왔다.

파도가 되고 화염이 되어 내 입속을 통과하는 공기. 강팍하고 거센 향, 제비꽃과 재의 향, 신랄한 영원의 맛.

나는 이제 손도 없고 팔도 없다. 더는 들을 수도 볼 수도 없다. 남은 건 오로지 입 하나, 혐오스럽게 벌어진 상처뿐이다.

진실한 말, 마지막 말. 당신이 다시는 듣지 못할 말. 폭풍이 책의 마지막 페이지와 마지막 피의 얼룩을 체로 걸러낼 때.

나의 비명이 울려 퍼지는 침묵을 수몰시키려

만곡의 물을 쏟아부어 마룻바닥을 씻어낼 때.

무엇을 보는가, 죽어가는 자들은. 어떤 색깔이 그들의
뒤집힌 눈동자를 날카롭게 찌르고 아직껏 떨고 있는 영혼
을 꿰뚫는가? 어떤 빛이 비처럼 내려 세상에 눈이 멀고 혜
안만 남은 그들의 안와(眼窩)를 씻어주는가, 어떤 눈부신
사랑인가?

VIII

부두에 있던 돌 벤치에 당신과 나란히 앉아 강의 푸른 잿빛 물결을 바라보았다. 상처 입지 않은 평온한 기억인 듯, 아무 말 없이 언제나 더 깊어지기만 하는 꿈인 듯, 고즈넉이 흐르는 강물. 당신은 가끔 조그만 오렌지를 가져다주곤 했다. 책이나 행복한 얼굴, 혹은 소소한 것들을 찾아 시내를 한참 돌아다닌 후에 마치 아이한테 보상이라도 하듯 오렌지를 맛보게 해주었다.

시간이 허락할 때마다 나는 당신과 함께, 혹은 혼자서 가까운 근교로 갔다. 어느 순간부터 시간의 압박이나 모두가 따르는 의무적인 관계, 발작하듯 급히 호흡하게 만드는 도시의 삶에 부과된 역할을 더는 견딜 수 없었다. 세상의 폭력은 온 군데가 갈라지고 터져서 더는 버틸 수 없을 때조차도 세상은 완전하며 잘 붙어 있다고 믿게 만드는 것이었다. 그러나 나는 모든 것이 찢어져 있는 것을 보았다. 걱정과 기억상실과 활동들이 조각조각 찢겨 너덜거리는 모습을. 세상은 사람들의 망각과 한시라도 빨리 그들 자신을 잊으려 애쓰며 얻어낸 기억상실 속에서 태어났다.

내가 당신을 향해 가는 데는 열린 풍경이 필요했다. 그 풍경 속에서 땅들은 자신들의 물을 섞어 경계를 지웠고 다른 시간은 없이 오직 계절이라는, 아름다움의 속도인 느릿함으로 흘러가는 시간만 남았다. 사랑은 나무였다. 오렌지 나무, 소사나무 혹은 사시나무…… 바람에 날리던 연은 나뭇가지 사이에서 꿈을 꾸었다. 추억과 약속을……

내가 주의를 기울인 것은 오로지 계절뿐이었다. 마치 계절이란 연약하고 금세 사라지며, 사소한 것으로도 쉽게 망가지고, 매년 은총을 통해서 매번 새로운 분위기와 기질을 가지고 돌아오는 것인 양 그 모습을 세심히 들여다봤다. 당신은 종종 샘이나 나뭇잎을 닮은 얼굴로 내 안에 떠올랐다. 나는 그림책 안으로 들어가듯, 보이는 것이 보이지 않는 것을 감춰놓은 그림 속으로 들어가듯 자연으로 향했다.

여름이면 쪽빛 강물에서 오려내어 한결 가벼워진 마음을 걸쳤다. 내게 잘 어울렸던 그 마음은 더는 내 말을 옥죄지 않았고 더 큰 미소를 짓게 하며 더 과감한 몸짓을 허용했다. 내 감각은 경계를 뛰어넘고 울타리를 지나고 정원을 휩쓸었으며, 향수와 구름 스카프와 바람의 반지들로 가득 찼다.

당신 곁에서 나는 우리 주변에 현존하는 것들을 느꼈다. 마치 창조의 순간처럼 존재들의 지각하기 힘든 떨림을 인식했다. 우리는 느리고 고른 속도로 걸었다. 낮이 우리의 다리에 휘감겼다. 무언가가 떠오르며 우리가 드물게 나누는 단순한 말과 포개졌다. 상승하는 빛을 뒤따르는 알 수 없는 무언가. 오후가 끝날 무렵, 내가 집으로 돌아가는 시간에도 빛과 함께 사라지지 않을 어떤 것이.

순수한 여름. 하늘은 언덕의 어깨 너머로 불타는 천을 던졌다. 닻을 올린 태양은 밧줄을 끊고 꿈과 이슬 단지와 참새의 목걸이가 가득 실린 배를 끌고 갔다.

대지는 물과 불, 수확의 하얀 불꽃과 바람의 파도가 만들어 내는 무질서한 은총에 몸을 맡겼다. 오솔길에 드리운 그림자들의 푸른 속삭임이 나무의 하늘 위로 솟아오르며 뜨거운 공기 속에서 길을 잃은 노래가 되었다. 잎사귀 새들은 금빛이 도는 푸른색 피로 묵직해진 둥글고 반짝이는 과일을 품었고 들판의 꽃들은 상처처럼 빛났다. 붉은빛과 초록빛이 뒤섞인 숲의 영혼은 샘물과 샘터 위를 떠돌았다.

양치식물의 나긋한 손길, 포효하는 침묵, 구름에 매달린 거품처럼 아주 사소한 감각에도 저릿한 고통이 배어 있었다. 모든 게 너무 완전하고 현실적이어서 되레 위협적으로 느껴졌다. 마치 우리라는 존재가 너무 많다는 듯이, 우리를 지우고 존재하기를 멈추어 돌과 동물과 꽃들이 불순한 증인들과 그들이 가져온 언어와 시간의 질병 없이 제 갈 길을 가도록 내버려두라고 모든 것이 우리에게 권유하는 것 같았다.

고통스러운 여름. 휴가를 가기 위해 이 마을을 떠나야 했던 나는 몇 주 동안 당신을 보지 못했다. 당신이 몇 줄 안 되는 편지들을 우체부에게 하도 많이 실려 보내는 바람에 언젠가 그가 공기처럼 가벼운 당신의 단어 중 하나를 손에 쥔 채 날아가 지평선 너머로 사라지고 그의 유니폼만 파란 점으로 남게 될까 두렵기도 했다.

나는 전날의 꽃잎과 왁자지껄한 웃음소리가 남아 있는 집에서 깨어난 듯 당신의 말 속을 거닐었다.

원고를 완성한 당신은 제목을 고민하느라 출판사에 보내지 않고 있었다. 당신이 원했던 건 제목이 없는, 흰색 표지 위에 아무것도, 심지어 저자 이름마저도 없는 책이었을 것이다. 시간을 초월한, 아무 표시도 없는 텍스트. 바다에서 닳고 닳아, 아무것도 나타내지 않는 줄무늬들만 새겨진 조약돌 같은 책.

책은 열려 있으면서 닫혀 있을 것이다. 나는 책 속에서 당신과 함께 얼어붙은 방을 통과했다. 우리가 머물고 난 후 수많은 말로 가득 채워진 방들. 우리가 더 이상 그곳에 없을 때, 창문이 닫힌 채 봉인된 불면의 방들. 흐트러진 시트가 그곳에 없는 육체의 흔적을 간직하고 있는 침대들.

당신은 두 번째 글을 시작했다. 이전 글보다 더 간결했던 그 원고는 내용보다 그것을 품은 목소리, 당신의 목소리가 핵심이었다. 때때로 당신은 피곤함도 잊은 채 몇 시간이고 이야기하곤 했다. 당신이 하는 말들은 그 말을 집어삼키

는 불길, 당신의 말로만 유지되던 희푸른 침묵의 자양분이
됐다.

당신은 예전에 받았던 것을 돌려줄 뿐이었다. 때로는 달
콤한 목소리로 때로는 무서운 목소리로 당신이 잠들 때까
지 노파가 읽어주었던, 당신의 유년기를 포근하게 재우던
옛이야기들. 나쁜 꿈을 쫓아내려는 듯 잠이 쏟아져 무거워
진 눈꺼풀을 스치는 그녀의 손……

삶을 이야기하고 확장하는 단어들 속에서, 그처럼 당신
이 찾았던 것은 바로 '삶' 그 자체였다. 무한한 것들의 유한
한 형상. 마치 이번에는 가장 작은 인형이 가장 큰 인형을
숨기는 마트료시카 인형처럼 서로를 품고 있는 마음의 이
미지들.

깃털처럼 가벼운 책들, 샘물처럼 흐르는 책들. 독서하는
동안에 마치 글이 빛을 발산하며 조용하고 점진적인 해방
감을 가져다주듯 실재의 느낌을 유발하는 책들. 꿈은 삶의
결함이 아니었다. 만일 삶에서 몽상이 사라진다면 삶 자체
가 사라지는 것이었다.

지난여름, 당신은 3만 6천 개의 천사 이름이 열거된 터
무니없이 두꺼운 신학 총서에 열정을 쏟았다. 그 책들은 율
법만큼이나 덧없이 사라지는 것들의 본질에 대해서도 자세
하고 길게 다루고 있었다.

이 일로 인해 당신은 호텔에서 쫓겨날 뻔하기도 했다.
빨간색 유성펜으로 전체 구절을 적은 커다란 종이를 방 벽

에 붙여 놓았기 때문이었다. 당신에게 중요한 것은 개별적인 진실이 아니라 그것들을 연결하는 일이었다. 당신은 하나의 문장이 다른 문장, 다른 장, 혹은 다른 책과 부딪치면서 불꽃이 튀고 새로운 빛과 음악이 태어나기를 바랐다.

당신은 일반적으로 분류된 관습이나 장르를 무시하고 어디에서나 당신에게 좋은 것을 취했다. 벽에 붙인 종이에는 성경에서 발췌한 내용, 꿀벌에 관한 책, 무훈시의 몇 구절들, '자신이 더럽힌 얼굴에 겁먹은 아이들'에 대한 파스칼의 흥미로운 문구, 신문에서 오려낸 다양한 뉴스들이 나란히 적혀 있었다.

거기에는 내가 이해하지 못한, 당신 자신도 단지 직감만 했던 어떤 일관성이 있었다. 당신의 인생도 마찬가지였다. 당신의 관점에서 현실은 조금도 이상하지 않은 독특한 상상일 뿐이었다. 당신이 나에게 경험한 사건이나 감각에 대해 이야기할 때면 그 안에 담긴 무게의 미묘한 차이를 고려했고 비현실적인 특성을 부여했는데, 그 특성 없이는 그 사건이나 감각은 온전히 인식될 수 없었다.

당신은 산만함 — 당신의 많은 몸짓이 길을 잃던 — 을 고차원의 지혜로, 가장 발달한 집중 방식 중 하나로 삼았다. 이러한 시각에서, 당신은 이야기를 만들어 내는 한 인물을 창조해 냈는데 그 이야기는 변형을 원동력으로 삼아 끝없이 이어질 수 있었다. 당신의 주인공은 자신이 몰두하고 있는 모든 것이 되었다. 무언가를 먹으면 그는 음식으로 변해

생선, 양상추, 빵이 되었다. 커피를 마시면 그는 익사 직전이 되어 버둥거리며 설탕 한 조각에 달라붙었다. 여행 가방을 들고 있다면 그는 몸을 웅크린 채 그 안에 있을 게 확실했다……

모든 것을 이성적인 틀에 맞추는 천박한 지혜로부터 당신을 지켜준 것이 무엇인지, 진지함과 걱정보다는 터무니없는 생각과 열정, 죽음을 예견하고 일찌감치 극복하게 해 주었던 엉뚱한 웃음과 꿈을 늘 선택하게 만든 것이 무엇인지 나는 전혀 알지 못했다.

나는 오랫동안 내가 있던 곳에 있지 않았어요. 맡은 일은 모두 잘 해냈지만 마치 몽유병에 걸린 것 같았지요. 나는 거기에 없었어요. 아무 데도 없었지요. 기다리고 있었는데 무엇을 기다렸는지 알지 못했죠, 상상도 안 됐답니다. 전혀 다른, 완전히 다른 무언가, 이미 알고 있던 것들을 통해서는 머리에 그리거나 예측할 수 없는 것이었죠…… 그 당시 내가 확신했던 건 단 하나였는데, 그건 내가 살아 있지 않다는 공허하고 부정적인 확신이었어요. 그동안 수천 번도 넘게 스스로 생을 마감할 수도 있었을 겁니다. 어쩌면 그게 내가 했던 일이고, 멈추지 않고 계속해 오던 일이었는지도 모르겠습니다……

사라진 이성. 지혜. 인내. 무모한 인내. 모든 설득과 이성과 증거에 귀를 막고, 거절을 한 순간도 멈추지 않으며, 쉴 새 없이 또 끝없이 거부하는 것밖에 할 줄 모르는 미치광이의 무한한 인내. 당신은 삶의 가치를 훼손하고 삶을 억누르는 모든 것을 증오했고, 당신의 그 완강함에는 끝 모를 광기가 있었다.

당신의 말 속에서 나 자신을 발견했다. 길을 가던 도중에 강제로 멈춰 세워진 느낌이었다. 실이 끊어진 곳, 시간이 여러 조각으로, 덧없이 소멸할 잔해로 부서진 곳에서 모든 걸 다시 시작해야 했다. 내 안에서 넘쳐나는 이 삶과 다시 연결되어야 했다. 언젠가 더는 통제하거나 억제할 수 없게 될까 봐 두려워할 필요 없이. 삶이란 살기 위한 것이고, 살아 있음을 의미하므로.

영원은 노동이나 폭력이나 결핍같이 끝없이 지속되는 것에 있지 않고, 화환을 엮고 슬픔을 물들이고 음료에 색을 내는 오렌지꽃처럼 금방 사라지는 것들 속에 있었다.

그늘을 받아들이고 모든 걸 붉게 물들이는 매 순간의 연약한 빛을 캐내며 자신의 삶을 살아갔던 이 오렌지 나무 속에. 오렌지 나무는 그러고 나서야 비로소 열매를 맺는데, 이 모든 일은 아이의 놀이처럼, 놀이를 즐기는 아이처럼 단순하고 진지했다.

가끔 우리의 사랑이 이상하다는 생각이 들곤 했다. 하지만 사랑이 이상하지 않은 적이 한 번이라도 있던가? 우리는 서로 만나는 일이 거의 없었지만 함께 있기를 그친 적은 없었다.

때때로 당신 옆에 더 오래 있고 싶었고, 생기 넘치는 단순한 시간을 즐기고 싶었고, 지속되는 시간 속에서만 펼쳐지는 일들을 즐기고 싶었다. 그런 욕망에 사로잡힐 때면 무척 괴로워서 일주일의 날수만큼의 장미꽃을 나 자신에게 선물하기도 했다. 하지만 이런 우울감은 금세 사라졌다. 욕망이 사라지지 않고 계속 제 갈 길을 가기 위해선 비밀이 필요했으니까. 바로 이 욕구가 표면에서 멀리 떨어진, 밝음과 어두움이 공존하는 천혜의 장소에 샘을 탄생시켰다.

시간이 지날수록 지치고 실망할 수 있는 상황에서 우리는 좋은 기회를 만들었다. 함께 하는 즐거움이 만남보다 조금 더 앞서 찾아왔다. 무슨 일을 하며 즐길지 설레는 마음과 기대감 덕분이었다. 우리는 서로의 연약함을 주고받았고 부담스러워지기 전에 털어냈다. 우리의 연약함은 이슬보다, 태양을 알리고 꽃과 풀을 뒤덮어 짓누르는 이 진줏빛 피보다 무겁지 않았다.

서로 떨어져 있는 거리는 아무것도 아니었지만, 이 아무것도 아닌 것 때문에 무척 괴로웠다. 단어들이 내게 다가와 나의 잠 속으로 떨어졌고 물속에 던진 돌멩이처럼 잠을 방해했다. 내게서 멀리, 밤보다 멀리, 그 어디보다 더욱더 멀리 나를 데려가는 단어들.

나는 당신의 밤과 당신이 열었던 불면의 파티를 꿈꾸었다. 그곳에서 당신은 모든 소유물을 불태웠다. 한낮의 그림자에 불을 붙여 순수한 불꽃 중 하나, 내 이름을 말해줄 글자 중 하나를 얻기 위해서. 당신만이 발견해야 했고 당신의 것이기도 했던, 시간이 지나도 퇴색하지 않을 나의 진짜 이름을.

이제 곧 가을의 변덕이 내 뺨을 갈길 것이다. 이제 곧 검은 곤충의 단단한 입이 내 신경을 끊을 것이다. 이제 곧 태양의 폭정이 내 배에 씨를 뿌릴 것이다. 이제 곧, 이제 바로. 그래서 어떻단 말인가? 죽음이 내 위로 퍼지게 놔두리라. 죽음이 내 입술에 걸리고 포만감으로 내 허벅지 사이에서 잠들 때, 생명을 인질로 삼은 그 주먹을 으스러뜨리고 라일락 꽃잎으로 만든 목걸이를 잡아 뜯으리라.

　당신에 대한 사랑, 죽음이 가져간 이 사랑을 되찾으리라, 눈부신 생명, 붉은 심장을……

당신 눈꺼풀 밑에 누워 있으려고요. 당신이 눈을 감고
잠들면 당신 잠에 황금을 던질게요. 황금과 구름 같은 꿈
을요.

당신의 안을 들여다보면, 보일 거예요. 내 눈물이 잉태했고 내 피가 완성할, 재로 된 알 속에 웅크린 아이.

　태양의 바퀴 밑에서 으스러지고 거세게 몰아치는 그리움에 압도된 아이가.

IX

지상에서 측량하던 시간이 지나갔다. 가볍게 흔들리는 해초와 묵묵히 뻗어가는 뿌리, 이들과 동행하며 끝없이 계속되는 현재. 꽃을 피우기 위한 오랜 시간 속의 순간들. 부드러운 바람이 낮과 밤의 고리를 밀어냈다. 삶은 죽음의 주위를 소리 없이 돌아가고, 그 순환이 날개 달린 생명체, 유한한 존재, 타원형의 영혼을 탄생시켰다.

심장은 암호였다. 아무 말도 하지 않고 말하는 방법. 지극히 단순하고 보잘것없는 것에 눈길을 주는 사치스러운 관심.

음악이 나의 일상을 가로질렀다. 태양의 잔가지. 달의 솜털. 꽃들이 흘리는 선명한 눈물, 조용히 내리는 시간의 눈, 사물의 작은 별들…… 말로 표현할 수 없어서 미소나 침묵으로 대신했던 모든 것. 다른 시대, 다른 시간에서 온 아름다운 여인들의 맨어깨에서 떨어져 나온 4월의 빛이 세공한 보석들……

보이지 않는 문턱을 넘어섰다. 내게 일어나는 일은 더는 어찌할 수 없어도 모르는 일은 아니었다. 당신 목소리는 지독히도 느리게 내 영역으로 내려왔고, 닿을 수 없이 깊은 그곳에서 모든 게 정해졌다. 나는 처음이자 유일한 순간인 것처럼 매 순간을 음미했다.

이 본능은 나를 무겁게 짓누르던 날들을 넘어서서 즐겁고 가볍게 나아갈 수 있게 해주었다. 전부 잊었다. 내가 제대로 알지 못했던 모든 것을. 암연한 매력을 지닌 슬픔, 편리함을 주는 지루함. 나는 사람들이 내게 가한 가혹함, 내 태도를 두고 쏟아낸 질문과 비난에 놀랐다. 차갑고 불명확한 그들의 말은 나에 대해 무엇도 말하지 않았고, 눈멀어 나를 제대로 보지 못하는 지인들의 무능력을 지적했을 뿐이었다.

내가 점차 쓰지 않게 된 평범한 말과 행동은 치과 의사가 썩은 치아 구멍에 채우는 흰색 충전재와 비슷했다. 그런 말과 행동은 구멍을 메우고, 이치를 따지는 이성적인 희망만을 허용하면서 쇠락하고 숨 막히는 삶을 따르는 것 외에는 다른 기능이 없었다…… 우리가 매분 매 순간 끝없이 메워나갔던 이 구멍들, 애썼지만 온전히 피할 수 없었던 상처들을 헤치고 나아가던 이 지식. 내 안에 있던 당신의 존재가이 모든 유폐를 단번에 무위로 돌려버렸다.

나는 자신이 선택한 고통 속에 갇힌 이 사람들을, 그들이 남긴 잔해들과 포기와 피로 위에 세워진 그들의 죽음의 선고를 좋아하지 않았다. 내가 거기에서 본 것은 결핍에 대한, 사전에 자신에게 주어진 것이 아니라면 아무것도 경험하지 않는 — 상처를 받은 만큼 안도감도 들었던 — 지친 수용과 자기만족이었다. 당신처럼 나도 체념의 아름다움과 복종에서 오는 막연한 쾌락을 거부했다.

나는 사랑에서, 그 사랑에서 모든 것을 기대했다. 그래서 모든 게 단순해졌고, 모든 게 내게 다가왔다. 나는 아무것도 거부하지 않았다. 내가 발을 들이지 않았던 괴로움이나 기쁨에 매료된 당신을 보고 당신의 부재를 느낄 때면 이따금 내게 달려드는 고통조차도. 불에 타 욱신거리는 상처는 모든 것 앞에 나를 드러냈고, 마지막 어둠과 마지막 침잠을 뚫고 나아가게 했다. 더 이상 평범함은 없었다. 내 모든 날의 밑바닥에서 또 다른 하루가 흘러갔다. 부드럽게 울려 퍼지는 음악이 내가 듣지 못해도 나를 위로하며 언제나 그곳에 있었다.

이 평화는 당신이 내게 오랫동안 말하기를 망설였던 그 여자가 돌아온 뒤에도 깨지지 않았다. 그녀는 당신을 만나러 호텔에 왔다. 그녀는 당신에게 가기 위해, 당신에게 남긴 상처 위에 또 다른 상처를 내기 위해, 당신 스스로는 완전히 메울 수 없었던 균열을 다시 벌리고 파헤치기 위해 국경을 넘었고 멈춰 있던 시간을 건넜다.

내가 몰랐던 그녀의 얼굴은 때때로 안개 속에 나타나 당신의 시선을 뒤흔들었다. 그럴 때면 당신의 시선은 일순 멈추거나 흐릿해지곤 했다.

어두운색으로 그려보았던 그녀의 얼굴. 내가 부여한 마법 외에는 다른 마법이 없다는 사실을 잊어버리고 두려워했던 얼굴. 열기에 사로잡혀 아름답게 꾸며냈던 상상 속 그녀의 모습은 불면의 밤에 불쑥불쑥 나타나서 나의 부족한 면을 더 두드러지게 했다.

당신들의 만남은 나를 고통스럽게 했다. 내가 내 발소리조차 인식하지 못하고 걸었던 이 도시에서 멀리 떨어진 곳, 그곳에서 당신들이 일곱 밤 일곱 낮을 여행하는 동안 나는 고통 속에 있었다. 내가 깨달은 것은 우리는 무엇으로든 고통받을 수 있고 그 고통을 치유할 방법은 전혀 없으며, 어떤 보상이든 하찮을 뿐이고 대비되는 모든 상황이 끔찍하다는 사실이었다.

아무것도 밝히지 않고 전부 태워버리는 검은 불꽃이 나의 낮과 밤을 삼켰다. 섣부른 희망, 불평, 울부짖음, 심지어 침묵조차도. 이런 것들은 아무것도 막지 못했다. 한순간도 속이지 못했던 볼썽사나운 속임수에 지나지 않았다. 만일 자신만의 특성이 갑작스럽고 난폭한 익명성을 띠며 삽시간에 사라질 수 있는 것이었다면 나는 누구였을까? 모든 단어가 잔인할 정도로 대등한 상황에서 어떤 말을 할 수 있을까? 만일 당신이 내게 모든 것을 주지 않았던 거라면 도대체 당신이 내게 준 것은 무엇이었나?

이러한 고뇌는 의심과 두려움을 불러일으켜 모든 생각

을 망치기 훨씬 전부터 몸을 지배했고, 뒤늦게야 나타났다. 당혹스러웠다. 때로는 얇고 긴 칼날이 심장을 찾아 폐를 찌르는 것처럼 제대로 숨을 쉴 수가 없었다. 어떤 추락으로도 끝나지 않는 무한한 현기증과 결국 거기에 굴복하고야 마는 쓰라린 희열. 내 안에 죽은 여자가 있었다. 나는 그녀를 없애고 진흙과 돌 밑에 묻기 위해 밤과 추위 속으로 내려갔다. 시간이 흘러도 그녀가 다시는 수면 위로 떠오르지 않게.

당신 안에는 순수함에 대한 열망이 있었다. 하나가 다른 하나에 영향을 주지 않고 여러 강렬함을 경험할 수 있다는 확신. 당신은 결정하지 않았다. 당신은 아무것도 결단하지 않았다. 당신은 아무도 떠나지 않았다. 당신을 버린 건 다른 사람들이었다. 그들은 예전에 이미 자신의 가장 좋은 부분, 가장 선명하고 가장 고귀한 부분을 버렸다. 무슨 일이 있든 그들이 어떠하든, 당신은 충직하게 붙들고 있었던 그 생의 조각을. 당신은 삶이었다. 당신 안에는 잔혹함이 있었고, 온화함이 있었다. 나는 그것을 알았다. 알 수 있었다. 내 땅과 내 피와 내 입술을 즉각 포기하지 않는 한, 나 자신의 삶에서 스스로를 즉각 추방하지 않는 한, 더는 당신을 몰아낼 수 없을 만큼 내 안에서 그렇게도 분명히 살아 숨 쉬던 당신을 증오했다. 그때도. 그때도 정말 그랬다……

나는 누구와 무엇과도 아닌, 잘려나간 내 힘에 대해서, 흰 피와 검은 피로 두 번 흘렸던 이 이중의 상처에 대해서 끊임없이 되뇌던 내 안의 부정적인 면과 싸웠다.

나는 이 상처에 머물고 싶지 않았고 그것을 부정하고 싶지도 않았다. 상처가 나를 지치게 하기 전에 내가 먼저 상처를 고갈시켜야 했다. 조금도 몸을 사리지 않고 모든 상처를 넘어서야 했다. 선택하거나 분류하는 건 바랄 수도 없거니와 가능하지도 않아서 바람, 비, 불 등 가릴 것 없이 모든 게 통째로 쏟아져 들어오는 절대적인 열림에 도달해야 했다. 내 유일한 힘은 아무것도 가지지 않고 아무것도 추구하지 않는 것이었다.

우리의 만남은 계속되었다. 그 기이한 평온은 오직 당신만이 당신으로 인한 나의 고통을 달래줄 수 있었기에 가능했다.

영혼은 신체에 너무 깊이 뿌리박혀 있어서 뼈와 살처럼 골절이 생기거나 상해를 입거나 사고를 당할 수 있었다. 고통은 적지 않았고, 하늘과 모든 일이 벌어지는 지상에 단단하게 자리 잡았던 이전의 균형을 되찾을 때까지, 다림줄로 수직을 맞춰 견고하고 똑바로 서 있도록 균형을 다시 세울 때까지 오랜 시간이 걸렸다. 파도가 계속 밀려왔다. 거센 슬픔. 정오의 그림자들. 창문에 긁힌 자국 같은 전혀 중요하지 않은 일. 시작과 끝을 예측할 수 없는 시간의 출혈. 표면과 심층, 살갗과 땅, 언어와 사고방식의 화합이 불가능해질 때까지 멀어지던 한 순간.

홀로 산책하러 나가곤 했다. 그곳엔 겨울이 있었고 봄이 있었지만, 내게는 겨울만 있었다. 일 년 내내 지속됐던 겨울.

나는 나무와 이야기했고, 그들의 말을 들었다. 눈의 하얀 잉크, 강물의 푸른 펜촉, 구름의 이면지. 나는 당신에게 편지를 쓰는 일과 내 눈 맞은편에 있는 당신 눈으로 모든 걸 바라보는 일을 한시도 멈추지 않았다. 자연의 작업은 나의 작업과 같아서 끝이 없고 언제까지나 미완성이었다. 푸른 하늘의 불가능한 자수. 공기의 레이스. 불의 커튼. 시간의 굵은 손가락으로 해야 하는 섬세한 작업들. 가벼운 불신, 약간의 씁쓸함, 그리고 모든 것을 처음부터 다시 시작해야 했다······

평원과 숲과 바다를 덮을 만큼, 세상을 덮을 만큼 커다란 천에 수놓은 자수. 당신과 함께, 내 곁에 존재하지 않는 당신 몸의 형상과 함께 그 천 위에 누울 수 있기를. 내 팔로 감싸 안은 당신의 그림자가 따뜻해져서 언젠가 당신이 그림자를 다시 찾을 때 춥지 않기를. 언젠가는······

당신이 아직 알아차리지 못했을 때 나는 당신이 떠나는 모습을 보았다. 이미 떠난 사람은 더는 거기에 없었다. 처음에는 너무 작아서 신경 쓸 필요도 없던 균열이었다. 나는 아무 말도 하지 않았다. 간간이 저녁 시간을 이용해 이 방에 오곤 했다. 잊으려고. 아무것도 잊지 않으려고.

촛불을 켰다. 죽어가는 빛을 방해하지 않을 희미한 불꽃. 거침없이 다가오는 밤을 부드럽게 다독일 불꽃. 드 라 투르(Georges de La Tour)가 그린 촛불 앞에 앉아 있는 여인들을 떠올렸다. 차가운 빛이 여인들의 얼굴과 몸을 반쯤 뒤덮었고, 빛과 밤이 죽음 같은 평화와 침묵 속에서 그들의 육체를 공유했다. 나는 그들이 화가의 욕망에 잠시 저항하며 취하던 포즈를 흐트러뜨리는 모습을 상상했다. 너무 오랫동안 움직이지 않아 지친 나머지 손을 풀고, 하품하고, 팔을 쭉 뻗다가 촛불을 꺼뜨린다. 그래도 손이 데지 않아 놀라워하는 여자들. 그들은 다시 그 동작을 반복하여 흰 불꽃을 손가락 사이에 넣어 보지만 아무것도 느껴지지 않는다는 사실을 이해할 수 없고, 아무것도 이해되지 않는다. 그러다 결국 자신이 죽었다는 것을 깨닫는다.

매혹적이면서도 끔찍한 아름다움. 지금 내게 일어나고 있는 죽음, 내가 죽여야만 하는 죽음. 가장자리가 없어질 때까지, 가장 불거진 곳이 없어질 때까지 상처를 잡아 늘이는, 더는 저항할 수 없는 이 움직임.

당신이 떠난다고 말했을 때, 설명할 수 없는 말을 아끼는 당신에게 감사했다. 사랑이 시작되는 이유도 별로 없지만, 사랑이 끝날 때는 더더구나 아무런 이유도 존재하지 않았다.

당신의 얼굴을 보지 못했다. 창밖으로 마로니에 나무를 바라보았다. 포근한 날의 하늘. 이맘때면 꽃을 피우고 있을 오렌지 나무를 생각했다.

그 생각을 하니 미소가 떠올랐다.

검은 의상을 입은 집례자. 검은 손톱 사이에 기름으로 얼룩진 종이. 단조로운 쉰 목소리. 종이 맨 밑의 이름이 불릴 때까지 고통에 고통을 더하는 기도문.

잠깐만요, 제발, 기다려 줘요. 내게 피가, 언어가 돌아와요. 기다려요.

내 피의 신발 끈을 풀었다.

얼음물 속을 맨발로 들어간다.

나는 호수의 눈동자 속에서 깨어날 것이다. 이슬의 옷을 입고 불의 샌들을 신고 갈대의 팔찌를 찰 것이다. 정원을 걷듯 땅 위를 걸을 것이다. 새벽빛 나뭇잎 위에서 춤을 추고 꽃들의 불타는 성기를 먹고 나무의 순진한 피를 마실 것이다. 강물이 내 다리를 거슬러 올라와 나를 쾌락으로 이끌리라. 뜨겁고 푸른 대지 속, 내 어머니의 오렌지색 몸 속으로 나를 깊이 가라앉힐 것이며 모든 생명이 나와 사랑을 나누리라.

마침내 나는 자유롭게 가리라.

당신에게 이를 때까지.

당신의 색을 걸칠게요. 당신 입안에서 녹을게요. 곧 알게 되겠죠. 구름과 바다, 죽음과 오렌지가 어떤 모습일지, 당신 눈 속에 있을 때 어떤 모습이 될지. 내가 도와줄게요. 당신이 하늘의 유리창에 단어들을 던지도록, 길을 잃은 단어들을 던져 별똥별을 일으키도록. 당신이 보잘것없는 나무 탁자에 기대고 생생한 꿈에 기대어 글을 쓸 때, 내가 당신 손끝에 있을게요.

내가 당신이 될게요.

느닷없는 이 욕망, 꽃으로 당신을 현혹하고 싶은 마지막 욕망. 수천 송이 꽃. 사방 천지의 꽃. 온갖 군데의 꽃. 그 꽃들이 당신을 취하게 하고, 당신의 욕망을 일깨우기를.

꽃들이 내 호소를 당신에게 전하기를.

지금.

내게로 오기를.

블랙베리, 꽃, 그리고 오렌지 나무

김연덕 시인

　보뱅이 아직 살아 있었을 때 보뱅과 보뱅의 작품에 대해
몇 번 글을 쓴 적이 있었다. 작가인 그와 독자인 내가 쉬이
만날 수 있는 사이가 아니라는 것은 잘 알았지만, 그래도 그
가 이 시대에 나와 함께 살아 있었을 때, 먼 프랑스 땅에서
가볍게 숨 쉬고 있었을 때 나는 이곳과 저곳을 이어주는 희
미하고 반짝이는 끈을, 내 쪽으로 약간 기울어져 팽팽히 흔
들리는 끈의 존재를 느끼고 있었다. 그의 언어가 가느다란
리듬 속에서 나에게로 건너왔고, 그가 보고 만지고 써 내려
간 삶의 장면들이 즉각적으로 내 얼굴을 깨우거나 간지럽
혔다. 나의 시야를 좁혀 고요하면서도 광적인 그의 손짓에
집중하게 한 뒤, 늘 더 멀리 있는 것을 바라보게 해주었다.
슬프고 우습고 따뜻하고 절묘한 그 모든 장면들로 이루어
진, 그가 직접 엮어 나를 포함한 수많은 독자들에게 수신했
던 끈이 말이다. 그의 죽음이 준 충격이 한동안 그 끈을 느
끼지 못하게 했다. 어쩌면 보뱅 없이 그것을 느끼고 싶지 않

왔던 것인지도 모르겠다.

그러나 그는 일 년 반 전 세상을 떠났고, 보뱅 없이도 세상에 두 번째 봄이 찾아왔으며, 끈은 여전히 거세고 부드럽고 섬세하게 살아 움직이고 있다. 죽었던 가지에서 멍울을 틔우는 꽃처럼, 작고 동그란 어둠으로 맺히는 열매처럼 말이다. 그리고 이제 그가 물리적인 죽음으로는 더 멀리 떨어져 있던 때, 삶으로 가득 차 있던 시절에 썼던 그의 초창기 작품인 『마지막 욕망』을 읽는다. 『마지막 욕망』은 화자의 자살, 죽음으로 시작되는 텍스트다. 첫 장부터 죽음에 대한 이야기라니, 그리고 이것을 보뱅 사후에 읽고 있다니. 그런데 독특한 점은, 죽었기에 더는 느끼거나 움직이지 않아야 할 것 같은 이 세계에, 개개의 생명력으로 가득한 이미지가 이제부터 다수 등장하기 시작한다는 점이다.

'블랙베리나 라즈베리의 거품처럼 솟았다가 솜털처럼 미지근하게 흘러내리는 피가 생생히 느껴졌다.' 화자가 '당신'이 선물해 준 철필로 손목을 긋는 순간, 자신의 손목에서 솟아나는 구체적인 열매들을 발견하는 대목이다. 삶이 죽음과 자리를 바꾸며 멍하니 자기 자리를 내어줄 때, 화자는 당신과 사랑에 빠졌던 때에 대해, 당신이 어떤 사람인지에 대해 회상하기 시작한다. 둘 사이에는 그들이 그들임을 누리게 해주는 정말 많은 꽃과 열매가 있었다. 화자와 당신 사이의 향기로운 진물, 끈이었던 셈이다.

그들이 사랑을 나눌 때, 당신은 '블랙베리처럼 내 입술을 짓눌'렀으며, 그들은 뺨과 심장과 입에서 오렌지, 체리, 산딸기 내음을 맞는다. 화자는 '목구멍에서 피어난 눈부시게 창백한 장미'와 함께, '당신 손가락의 잎사귀와 당신 팔과 다리의 나뭇가지' 속에서 '연한 잎맥'으로 자라난다. 꽃과 과일은 화자와 당신 사이를 순환하며 삶과 죽음의 이미지를 느리게 반복해 나간다. 계절과 기후에 의해 그것들이 죽을 때도 있지만, 결국 그 일시적인 죽음마저 삶과 연결되어 있다는 점에서 '끝없이 계속되는 현재', '타원형의 영혼'을 그들은 이해하게 된다. 타원형의 영혼이 대체 무얼까. 원형은 원형인데 약간 납작하게 누워있는 타원형. 그들의 영혼은 비탈을 굴러가는 정격의 원처럼 서두르지 않는다. 그들은 원의 형태로 연결되어 있는 크고 작은 세계들을 마치 방에 누운 사람들처럼 천천히 건너다본다. 그들의 침묵하는 텅 빈 눈은, 어떤 것을 바라보지 않기로 선택하기도 한다. 삶과 죽음, 과거와 현재, 일상적으로 사용되는 사물과 자연물의 이름들, 엄마와 딸, 다정함과 잔인함의 모든 구분이 무너져 내린다. 당신은 '떡갈나무를 단풍나무라고 부르면서 웃음을 터뜨린'다. '모두가 연결되어 있었'기 때문이다. 당신은 '아무것도 분리하지 않'았고, 당신의 연인인 화자 역시 '달과 태양이 인장을 교환하는 시간', 즉 낮밤의 구분이 지워지는 시간대인 새벽을 사랑한다. 종내 화자는 '편지, 꽃,

전화'를 모두 혼동한다. 화자에게 그것들은 모두 같은 의미였다. 화자와 당신은 '같이 살지 않았지만 함께' 존재했다. 장소와 육체 사이의 구분도 희미해졌기 때문이었다. 화자는 오렌지로 세상을 설명한다. '세상은 오렌지처럼 자신을 중심으로 돌면서 영원 속의 감각과 감각 속의 영원을 동시에 보여주었다.'

　　오렌지 나무는 당신의 과거 연인이 당신에게 남기고 간 선물이자 상처의 산물, 그녀에게 돌려주고자 했으나 결국 '그녀의 주소도 성도 모른다는 사실'을 깨달아 다시 당신이 갖고 올 수밖에 없던, '당신이 머무는 호텔 방에서 꽃을 피우고 있'는 식물이기도 하다. 선명한 상실을 겪었음에도 그 나무를 끝까지 데리고 온 당신 앞에서, 결국 그 나무로부터 아이들을 위한 이야기를 만들어 낸 당신 앞에서, 화자는 끝없는 이야기와 사랑을 절감했던 것 같다.

　　'오렌지 나무가 추위나 기차 여행을 두려워하지 않고 어디에서나 침착하게 꽃을 피운 것처럼' 그들은 장소를 찾고 마음을 나누었다. 마지막에 당신이 화자를 떠나게 될 때에도 화자는 당신을 이해한다. '그늘을 받아들이고 모든 걸 붉게 물들이는 매 순간의 연약한 빛을 캐내며 자신의 삶을 살아갔던' 오렌지 나무를 목격했기 때문이다. 화자는 때로 추위나 그늘을 겪어야 했던 오렌지 나무가 '놀이를 즐기는 아이처럼 단순하고 진지했다'고 이야기한다.

이 특별한 식물의 이미지는 다시 진지함을 '심각하게' 여겼던 당신, '날아갈 듯한 가벼운 몸짓'으로 다녔던 당신과 겹쳐진다. 당신은 '진지함이라는 위험에 처해 있는 것처럼 보일 때마다' 웃음을 터뜨렸고, '엉뚱한 웃음과 꿈을 늘 선택'했으며, '일반적으로 분류된 관습이나 장르를 무시'하는 방식으로 '가장 아름답고 단순한 것'을 화자에게 말해주었다. 당신은 해야 할 작업이 있어도 별로 개의치 않았는데, 출판사에서 두세 달 안에 원고를 써달라고 요청해도 '마감일 며칠 전인 지난주가 되어서야 비로소 타자기 덮개를 걷' 어버리는 식이었다. 『그리움의 정원에서』(1984Books, 2021)의 지슬렌, 『가벼운 마음』(1984Books, 2022)에 등장하는 뤼시와 뤼시의 어머니 생각을 하지 않을 수 없었다. 이들은 모두 게으르고, 그것에 어떤 부채감도 느끼지 않고, 사랑이 넘치도록 많은 동시에 가벼움의 미덕을 아는 사람들이기 때문이다. 보뱅이 사랑하는 인간상이 그의 작품에서 반복해 드러나는 듯하다. 이 인물들은 '프레임 속에, 시야 속에 등장하지 않'는다. 이들이 이 '안에 보이는 것은 불가능'하다.

당신을 사랑했던 화자는 삶의 마지막 순간을 역시 '가볍게' 정리한다. '가벼움. 상승. 많은 피가 흐른다.', '내 영혼은 이 사이로 빠져나오고 입술을 지나 아주 높이 멀리 날아갈 것이다. 연처럼, 참새처럼.' 자살 장면에 쓰인 대목들에서, 화자가 죽음이라는 거대한 상황에서조차 어떤 태도를 취하고 있는지 확인할 수 있다.

적막, 여백, 그리고 침묵. 꽃과 과일의 또 다른 특징 중 하나는 그들이 굉장히 조용하고 말이 없다는 데 있을 것 같다. 그들을 쌓아두거나 바구니에 넣어도 그들은 사이사이 틈을 가진다. 각진 사물들과 다르게 모서리가 둥글고 제각기 다른 모양을 지녔기 때문이다.

화자와 당신은 '온전한 적막 속에서' 서로 말을 건네고, 화자는 자신의 유일한 힘이 '아무것도 가지지 않고 아무것도 추구하지 않는 것'이라고 한다. 화자는 자신의 유년기에 어떤 공백을 만들어 주었던, 자신에게 '아무것도 요구하지 않았던', 그림과 피아노를 배우기 위해 갔으나 자신에게 아무것도 가르치지 않았던 노부인을 추억한다. 화자는 당신이 '제목이 없는, 흰색 표지 위에 아무것도, 심지어 저자 이름마저도 없는 책'을 원했을 것이라고 말한다. 그들은 그야말로 텅 빈 순간들의 아름다움, 여백들, 침묵의 결을 따라갔던 연인들이었던 것이다. 당신이 결별의 이유에 대해 침묵했던 것마저 화자는 '고마웠다'고 이야기한다.

화자와 당신의 결별 이후, 소설은 다시 화자의 죽음을 암시하는 장면으로 돌아온다. 그는 우리에게 '누군가 사라지는 모습을 보았는지' 질문한다. '떠나는 사람, 누군가가 떠나는 모습을 볼 수 있다면 그 장면은 갑작스러운 죽음 그 자체'일 것이라고. 나에게 보뱅의 죽음 역시 그러했다. 사랑하는 작가, 사랑했던 공간, 나의 한 시절을 함께했던 이들을 떠나보낼 때 역시 그러했다. 보뱅과 보뱅의 문장들이, 내 몸을 보호하고 감쌌던 수많은 공간들이, 나의 사람들이 삶과 죽음 바깥에서, 과거와 현재 바깥에서 여전히 나와 연결되어 있다는 것을 알지만, 결별의 순간은 늘 갑작스러워 꽃과 과일의 여전한 미래를 상상하기 어렵게 만든다. 화자는 '죽음을 통해서만 죽음을 넘어설 수 있다'며, 아이러니하게도 그 죽음을 견디기 위해 철필로 자신의 손목을 긋는다. 당신에게 닿기 위한 죽음인 것이다. 다시 살아나기 위해, 스스로 죽어가는 꽃이나 열매가 되기를 택한 것처럼도 보인다. 화자가 자신의 검붉은 피에서 블랙베리와 라즈베리를 발견한 이유이기도 하다.

벌써 두 번째 봄. 나의 물리적인 시간과 보뱅의 물리적인 시간을 이제 겹쳐볼 수 없게 되었다. 화자는 죽음을 택했으나, 보뱅과 연결되기 위해, 아주 치밀하고 생생하게 그의 문장 속으로 들어가기 위해 내가 택한 것은 지금 이 글을 쓰는 것이다. 보뱅이 아직 살아 있었을 때, 그의 삶이 넘치는 생명으로 가득했을 때, 그가 문장 속에 숨겨두었었던 비밀들을 힘껏 벌려 읽는 것이다. 죽음과 글쓰기, 읽기와 삶은 서로 닮아 있다. 무언가 죽어버린 곳에서부터 글쓰기가 시작되며, 그것을 읽어내는 것은 막 지나간 죽음의 냄새를 맡는 것. 코를 내밀고 냄새를 맡음으로 자신이 살아있다는 것을 실감하게 되기도 하는 것.

두려워 않고 어디서나 침착하게 꽃을 피우는 오렌지 나무처럼, 사방이 온통 삶이었을 때 사랑과 죽음을 이야기했던 보뱅처럼, 나도 이 여정을 계속해 나갈 것이다.

옮긴이 **김도연**

한국외대 불어과와 동 대학원에서 프랑스어를 전공하고 파리 13대학에서 언어학 박사과정을 수료했다. 지금은 독자들에게 좋은 책을 소개하고 싶은 마음에 책을 기획하고 만드는 일을 하고 있다. 옮긴 책으로는『가벼운 마음』『그리움의 정원에서』『다른 딸』『나의 페르시아어 수업』『라플란드의 밤』『내 손 놓지 마』『로맨틱 블랑제리』『내 욕망의 리스트』등이 있다.

마지막 욕망 L'EAU DES MIROIRS

1판 1쇄 2024년 4월 25일

지은이 크리스티앙 보뱅
역자 김도연
펴낸이 신승엽
펴낸곳 1984BOOKS

편집 신승엽 · 북디자인 신승엽

주소 전북 익산시 창인동 1가 115-12
전자우편 1984books.on@gmail.com
전화 010.3099.5973 · 팩스 0303.3447.5973
인스타그램 @livingin1984 · 페이스북 /1984books

ISBN 979-11-90533-42-3 03860

잘못된 책은 구입하신 서점에서 교환해 드립니다.

1984BOOKS